PÊCHEUR D'ISLANDE

PIERRE LOTI.

PÊCHEUR D'ISLANDE

PAR

PIERRE LOTI

NACH DER 123. AUFLAGE DES ORIGINALS
FÜR DEN SCHULGEBRAUCH BEARBEITET
UND MIT ANMERKUNGEN,
QUESTIONNAIRE UND WÖRTERBUCH HERAUSGEGEBEN

VON

PROFESSOR Dr RAHN

6. AUFLAGE

DRESDEN
VERLAG VON GERHARD KÜHTMANN

1925

BIOGRAPHIE

Pierre Loti (mit seinem eigentlichen Namen Julien Viaud), geboren am 14. Januar 1850 in Rochefort an der Charente, dem bedeutenden Kriegshafen Frankreichs an seiner Westküste, entstammte einer alten Seemannsfamilie. Seine Kindheit verlebte er in grösster Zurückgezogenheit und in der Einsamkeit der engen Verhältnisse seiner Vaterstadt. Eine stille und schüchterne Natur, zeigte er früh einen auffallenden Hang zur Einsamkeit und Träumerei. Mit 14 Jahren entschied er sich für die Marinelaufbahn. Er besuchte die Seemannsschule zu Brest und trat mit 17 Jahren seinen Seemannsberuf an, der ihn auf langjährigen Reisen über fast alle Meere und zu vielen fernen Ländern führte. Im Alter von 29 Jahren erst schrieb er seinen ersten Roman « Aziyadé », dem bald sein Meisterwerk « Pêcheur d'Islande » folgte. 1881 wurde er Lieutenant de vaisseau (Kapitänleutnant), 1883 machte er den Feldzug der Franzosen gegen Tonkin mit, 1891 trat er in die Academie als Nachfolger Octave Feuillets ein. Mit kurzen Unterbrechungen ist er im Marinedienst bis heute geblieben.

In allen Romanen Lotis bildet die einsame Grösse des unendlichen Meeres den Hintergrund der Handlung, ergänzt und verschönt durch fremdartige und entlegene

PÊCHEUR D'ISLANDE

PAR

PIERRE LOTI

NACH DER 123. AUFLAGE DES ORIGINALS
FÜR DEN SCHULGEBRAUCH BEARBEITET
UND MIT ANMERKUNGEN,
QUESTIONNAIRE UND WÖRTERBUCH HERAUSGEGEBEN

VON

PROFESSOR Dr RAHN

6. AUFLAGE

DRESDEN
VERLAG VON GERHARD KÜHTMANN

1925

BIOGRAPHIE

Pierre Loti (mit seinem eigentlichen Namen Julien Viaud), geboren am 14. Januar 1850 in Rochefort an der Charente, dem bedeutenden Kriegshafen Frankreichs an seiner Westküste, entstammte einer alten Seemannsfamilie. Seine Kindheit verlebte er in grösster Zurückgezogenheit und in der Einsamkeit der engen Verhältnisse seiner Vaterstadt. Eine stille und schüchterne Natur, zeigte er früh einen auffallenden Hang zur Einsamkeit und Träumerei. Mit 14 Jahren entschied er sich für die Marinelaufbahn. Er besuchte die Seemannsschule zu Brest und trat mit 17 Jahren seinen Seemannsberuf an, der ihn auf langjährigen Reisen über fast alle Meere und zu vielen fernen Ländern führte. Im Alter von 29 Jahren erst schrieb er seinen ersten Roman « Aziyadé », dem bald sein Meisterwerk « Pêcheur d'Islande » folgte. 1881 wurde er Lieutenant de vaisseau (Kapitänleutnant), 1883 machte er den Feldzug der Franzosen gegen Tonkin mit, 1891 trat er in die Academie als Nachfolger Octave Feuillets ein. Mit kurzen Unterbrechungen ist er im Marinedienst bis heute geblieben.

In allen Romanen Lotis bildet die einsame Grösse des unendlichen Meeres den Hintergrund der Handlung, ergänzt und verschönt durch fremdartige und entlegene

Landschaften, die in farbenprächtiger, meisterhafter Schilderung an unserem geistigen Auge vorüberziehen. Bei allem Realismus ist Loti ein Hang zu wehmütiger Lebensbetrachtung eigen, als ob er uns zeigen wollte, dass auch der schönste Traum des Lebens nur von kurzer Dauer ist. Die Menschen in seinen Erzählungen sind keine hochgestellten Personen, sondern einfache Leute, Matrosen, Schiffer, usw., für die er liebevolles Mitleid und innige Anteilnahme zeigt, wie für alles, was hienieden durch ein unerbittliches Schicksal zermalmt wird.

Es ist das Verdienst der Bibliothèque française « diesen Liebling der europäischen Lesewelt », so nennt Ed. Engel Pierre Loti, in die Schullectüre eingeführt zu haben. Als die erste von allen Sammlungen veröffentlichte sie 1894 den *Islandsfischer* in Bd. 61. Carmen Sylva, die den « Pêcheur d'Islande » meisterhaft ins Deutsche übertragen hat, nennt dies Werk ein Epos von biblischer Grösse und erschütternder Wahrhaftigkeit. In erziehlicher und moralischer Hinsicht übertrifft als Schullectüre den Islandsfischer der *Matelot*, ein zweites Meisterwerk Lotis, das die Bibliothèque française in Bd. 74 bringt. Der Held dieser Erzählung, der ohne an die Ehre seines Namens und an die seiner Familie zu denken, nur seinen Neigungen nachgeht, führt der lernenden Jugend klar vor Augen, dass das Leben nicht alles hält, was es verspricht.

J. Rahn.

PÊCHEUR D'ISLANDE

I

Ils étaient cinq, aux carrures terribles, accoudés à boire, dans une sorte de logis sombre qui sentait la saumure et la mer. Le gîte, trop bas pour leurs tailles, s'effilait par un bout, comme l'intérieur d'une grande mouette vidée; il oscillait faiblement, en rendant une plainte monotone, avec une lenteur de sommeil.

Dehors, ce devait être la mer et la nuit, mais on n'en savait trop rien : une seule ouverture coupée dans le plafond était fermée par un couvercle en bois, et c'était une vieille lampe suspendue qui les éclairait en vacillant.

Il y avait du feu dans un fourneau; leurs vêtements mouillés séchaient, en répandant de la vapeur qui se mêlait aux fumées de leurs pipes de terre.

Leur table massive occupait toute leur demeure; elle en prenait très exactement la forme, et il restait juste de quoi se couler autour pour s'asseoir sur des caissons étroits scellés aux murailles de chêne. De grosses poutres passaient au-dessus d'eux, presque à toucher leurs têtes; et derrière leur dos, des couchettes qui semblaient creusées dans l'épaisseur de la charpente s'ouvraient comme les niches d'un caveau pour mettre les morts. Toutes ces boiseries étaient grossières et frustes, imprégnées d'humidité et de sel; usées, polies par les frottements de leurs mains.

Ils avaient bu, dans leurs écuelles, du vin et du cidre, aussi la joie de vivre éclairait leurs figures qui étaient franches et braves. Maintenant ils restaient attablés et devisaient, en breton, sur des questions de femmes et de mariages.

Contre un panneau du fond, une sainte vierge en faïence était fixée sur une planchette, à une place d'honneur. Elle était un peu ancienne, la patronne de ces marins, et peinte avec un art encore naïf. Mais les personnages en faïence se conservent beaucoup plus longtemps que les vrais hommes; aussi sa robe rouge et bleue faisait encore l'effet d'une petite chose très fraîche au milieu de tous les gris sombres de cette pauvre maison de bois. Elle avait dû écouter plus d'une ardente prière, à des heures d'angoisses; on avait cloué à ses pieds deux bouquets de fleurs artificielles et un chapelet.

Ces cinq hommes étaient vêtus pareillement, un

épais tricot de laine bleue serrant le torse et s'enfonçant dans la ceinture du pantalon; sur la tête, l'espèce de casque en toile goudronnée qu'on appelle *suroît* (du nom de ce vent de sud-ouest qui dans notre hémisphère amène les pluies).

Ils étaient d'âges divers. Le *capitaine* pouvait avoir quarante ans; trois autres, de vingt-cinq à trente. Le dernier, qu'ils appelaient Sylvestre ou Lurlu, n'en avait que dix-sept. Il était déjà un homme, pour la taille et la force, une barbe noire, très fine et très frisée, couvrait ses joues; seulement il avait gardé ses yeux d'enfant, d'un gris bleu, qui étaient extrêmement doux et tout naïfs.

Très près les uns des autres, faute d'espace, ils paraissaient éprouver un vrai bien-être, ainsi tapis dans leur gîte obscur.

... Dehors, ce devait être la mer et la nuit, l'infinie désolation des eaux noires et profondes. Une montre de cuivre, accrochée au mur, marquait onze heures, onze heures du soir sans doute; et, contre le plafond de bois, on entendait le bruit de la pluie.

Ils traitaient très gaiement entre eux ces questions de mariage, — mais sans rien dire qui fût déshonnête. Non, c'étaient des projets pour ceux qui étaient encore garçons, ou bien des histoires drôles arrivées dans *le pays*, pendant des fêtes de noces.

Cependant Sylvestre s'ennuyait, à cause d'un autre

appelé Jean (un nom que les Bretons prononcent Yann), qui ne venait pas.

En effet, où était-il donc ce Yann; toujours à l'ouvrage là-haut? Pourquoi ne descendait-il pas prendre un peu de sa part de la fête?

— Tantôt minuit, pourtant, dit le capitaine.

Et, en se redressant debout, il souleva avec sa tête le couvercle de bois, afin d'appeler par là ce Yann. Alors une lueur très étrange tomba d'en haut :

— Yann! Yann!... Eh! l'*homme!*

L'*homme* répondit rudement du dehors.

Et, par ce couvercle un instant entr'ouvert, cette lueur si pâle qui était entrée ressemblait bien à celle du jour — « Bientôt minuit... » Cependant c'était bien comme une lueur de soleil, comme une lueur crépusculaire renvoyée de très loin par des miroirs mystérieux.

Le trou refermé, la nuit revint, la petite lampe pendue se remit à briller jaune, et on entendit l'*homme* descendre avec de gros sabots par une échelle de bois.

Il entra, obligé de se courber en deux comme un gros ours, car il était presque un géant. Et d'abord il fit une grimace, en se pinçant le bout du nez à cause de l'odeur âcre de la saumure.

Il dépassait un peu trop les proportions ordinaires des hommes, surtout par sa carrure qui était droite comme une barre; quand il se présentait de face, les muscles de ses épaules, dessinés sous un tricot bleu, formaient comme deux boules en haut de ses bras. Il avait de grands yeux bruns très mobiles, à l'expression sauvage et superbe.

Sylvestre, passant ses bras autour de ce Yann, l'attira contre lui par tendresse, à la façon des enfants; il était fiancé à sa sœur et le traitait comme un grand frère. L'autre se laissait caresser avec un air de lion câlin, en répondant par un bon sourire à dents blanches.

On remplit de nouveau les verres, quand Yann fut assis, et on appela le mousse pour rebourrer les pipes et les allumer.

Cet allumage était une manière pour lui de fumer un peu. C'était un petit garçon robuste, à la figure ronde, un peu le cousin de tous ces marins qui étaient plus ou moins parents entre eux; en dehors de son travail assez dur, il était l'enfant gâté du bord. Yann le fit boire dans son verre, et puis on l'envoya se coucher.

Après, on reprit la grande conversation des mariages.

Sylvestre était élevé dans le respect des sacrements par une vieille grand'mère, veuve d'un pêcheur du village de Ploubazlanec. Tout petit, il allait chaque jour avec elle réciter un chapelet à genoux sur la tombe

de sa mère. De ce cimetière, situé sur la falaise, on voyait au loin les eaux grises de la Manche où son père avait disparu autrefois dans un naufrage. — Comme ils étaient pauvres, sa grand'mère et lui, il avait dû de très bonne heure naviguer à la pêche, et son enfance s'était passée au large. Chaque soir il disait encore ses prières, et ses yeux avaient gardé une candeur religieuse. Il était beau, lui aussi, et, après Yann, le mieux planté du bord. Sa voix très douce et ses intonations de petit enfant contrastaient un peu avec sa haute taille et sa barbe noire; comme sa croissance s'était faite très vite, il se sentait presque embarrassé d'être devenu tout d'un coup si large et si grand. Il comptait se marier bientôt avec la sœur de Yann.

A bord, ils ne possédaient en tout que trois couchettes, — une pour deux — et ils y dormaient à tour de rôle, en se partageant la nuit.

Quand ils eurent fini leur fête, — célébrée en l'honneur de l'Assomption de la Vierge leur patronne, — il était un peu plus de minuit. Trois d'entre eux se coulèrent pour dormir dans les petites niches noires qui ressemblaient à des sépulcres, et les trois autres remontèrent sur le pont reprendre le grand travail interrompu de la pêche : c'était Yann, Sylvestre et un de leur pays appelé Guillaume.

Dehors il faisait jour, éternellement jour.

Mais c'était une lumière pâle, pâle, qui ne ressemblait à rien ; elle traînait sur les choses comme des reflets de soleil mort. Autour d'eux, tout de suite commençait un vide immense qui n'était d'aucune couleur, et en dehors des planches de leur navire tout semblait diaphane, impalpable, chimérique.

L'œil saisissait à peine ce qui devait être la mer : d'abord cela prenait l'aspect d'une sorte de miroir tremblant qui n'aurait aucune image à refléter; en se prolongeant, cela paraissait devenir une plaine de vapeurs, — et puis, plus rien; cela n'avait ni horizon ni contours.

La fraîcheur humide de l'air était plus intense, plus pénétrante que du vrai froid, et, en respirant, on sentait très fort le goût du sel. Tout était calme et il ne pleuvait plus; en haut, des nuages informes et incolores semblaient contenir cette lumière latente qui ne s'expliquait pas, on voyait clair, en ayant cependant conscience de la nuit, et toutes ces pâleurs des choses n'étaient d'aucune nuance pouvant être nommée.

Ces trois hommes qui se tenaient là vivaient depuis leur enfance sur ces mers froides, au milieu de leurs fantasmagories qui sont vagues et troubles comme des visions. Tout cet infini changeant, ils avaient coutume de le voir jouer autour de leur étroite maison de planches, et leurs yeux y étaient habitués autant que ceux des grands oiseaux du large.

Le navire se balançait lentement sur place, en rendant toujours sa même plainte, monotone comme une chanson de Bretagne répétée en rêve par un homme endormi. Yann et Sylvestre avaient préparé très vite leurs hameçons et leurs lignes, tandis que l'autre ouvrait un baril de sel et, aiguisant son grand couteau, s'asseyait derrière eux pour attendre.

Ce ne fut pas long. A peine avaient-ils jeté leurs lignes dans cette eau tranquille et froide, ils les relevèrent avec des poissons lourds, d'un gris luisant d'acier.

Et toujours, et toujours, les morues vives se faisaient prendre; c'était rapide et incessant, cette pêche silencieuse. L'autre éventrait, avec son grand couteau, aplatissait, salait, comptait, et la saumure qui devait faire leur fortune au retour s'empilait derrière eux, toute ruisselante et fraîche.

Les heures passaient monotones, et, dans les grandes régions vides du dehors, lentement la lumière changeait; elle semblait maintenant plus réelle. Ce qui avait été un crépuscule blême, une espèce de soir d'été hyperborée, devenait à présent, sans intermède de nuit, quelque chose comme une aurore, que tous les miroirs de la mer reflétaient en vagues traînées roses...

— C'est sûr que tu devrais te marier, Yann, dit tout à coup Sylvestre, avec beaucoup de sérieux cette fois, en regardant dans l'eau. (Il avait l'air de bien en connaître quelqu'une en Bretagne qui s'était laissé prendre aux yeux bruns de son grand frère, mais il se sentait timide en touchant à ce sujet grave.)

— Moi!... Un de ces jours, oui, je ferai mes noces — et il souriait, ce Yann, toujours dédaigneux, roulant ses yeux vifs — mais avec aucune des filles du pays; non, moi, ce sera avec la mer, et je vous invite tous, ici tant que vous êtes, au bal que je donnerai...

Ils continuèrent de pêcher, car il ne fallait pas perdre son temps en causeries : on était au milieu d'une immense peuplade de poissons, d'un *banc* voyageur, qui, depuis deux jours, ne finissait pas de passer.

Ils avaient tous veillé la nuit d'avant et attrapé, en trente heures, plus de mille morues très grosses; aussi leurs bras forts étaient las, et ils s'endormaient. Leur corps veillait seul, et continuait de lui-même sa manœuvre de pêche, tandis que, par instants, leur esprit flottait en plein sommeil. Mais cet air du large qu'ils respiraient était vierge comme aux premiers jours du monde, et si vivifiant que, malgré leur fatigue, ils se sentaient la poitrine dilatée et les joues fraîches.

La lumière matinale, la lumière vraie, avait fini par venir; comme au temps de la Genèse elle s'était *séparée d'avec les ténèbres* qui semblaient s'être tassées sur l'horizon, et restaient là en masses très lourdes; en y voyant si clair, on s'apercevait bien à présent qu'on sortait de la nuit, — que cette lueur d'avant avait été vague et étrange comme celle des rêves.

Dans ce ciel très couvert, très épais, il y avait çà et là des déchirures, comme des percées dans un dôme, par où arrivaient de grands rayons couleur d'argent rose.

Les nuages inférieurs étaient disposés en une bande d'ombre intense, faisant tout le tour des eaux, emplissant les lointains d'indécision et d'obscurité. Ils donnaient l'illusion d'un espace fermé, d'une limite; ils étaient comme des rideaux tirés sur l'infini, comme des voiles tendus pour cacher de trop gigantesques mystères qui eussent troublé l'imagination des hommes. Ce matin-là, autour du petit assemblage de planches qui portait Yann et Sylvestre, le monde changeant du dehors avait pris un aspect de recueillement immense; il s'était arrangé en sanctuaire, et les gerbes de rayons, qui entraient par les traînées de cette voûte de temple, s'allongeaient en reflets sur l'eau immobile comme sur un parvis de marbre. Et puis, peu à peu, on vit s'éclairer très loin une autre chimère : une sorte de découpure rosée très haute, qui était un promontoire de la sombre Islande...

Les noces de Yann avec la mer!... Sylvestre y repensait, tout en continuant de pêcher sans plus oser rien dire. Il s'était senti triste en entendant le sacrement du mariage ainsi tourné en moquerie par son grand frère; et puis, surtout, cela lui avait fait peur, car il était superstitieux.

Depuis si longtemps il y songeait, à ces noces de Yann! Il avait rêvé qu'elles se feraient avec Gaud Mével, — une blonde de Paimpol, — et que, lui, aurait la joie de voir cette fête avant de partir pour le service, avant cet exil de cinq années, au retour incertain, dont l'approche inévitable commençait à lui serrer le cœur...

Quatre heures du matin. Les autres, qui étaient restés couchés en bas, arrivèrent tous trois pour les relever. Encore un peu endormis, humant à pleine poitrine le grand air froid, ils montaient en achevant de mettre leurs longues bottes, et ils fermaient les yeux, éblouis d'abord par tous ces reflets de lumière pâle.

Alors Yann et Sylvestre firent rapidement leur premier déjeuner du matin avec les biscuits; après les avoir cassés à coups de maillet, ils se mirent à les croquer d'une manière très bruyante, en riant de les trouver si durs. Ils étaient redevenus tout à fait gais à l'idée de descendre dormir, d'avoir bien chaud dans leurs couchettes, et, se tenant l'un l'autre par la taille, ils s'en allèrent jusqu'à l'écoutille, en se dandinant sur un air de vieille chanson.

Leur navire s'appelait la *Marie*, capitaine Guermeur. Il allait chaque année faire la grande pêche

dangereuse dans ces régions froides où les étés n'ont plus de nuits.

Quant à eux, les six hommes et le mousse, ils étaient des *Islandais* (une race vaillante de marins qui est répandue surtout aux pays de Paimpol et de Tréguier, et qui s'est vouée de père en fils à cette pêche-là).

Ils n'avaient presque jamais vu l'été de France.

A la fin de chaque hiver, ils recevaient avec les autres pêcheurs, dans le port de Paimpol, la bénédiction des départs. Pour ce jour de fête, un reposoir, toujours le même, était construit sur le quai; il imitait une grotte en rochers et, au milieu, parmi des trophées d'ancres, d'avirons et de filets, trônait, douce et impassible, la Vierge, patronne des marins, sortie pour eux de son église, regardant toujours, de génération en génération, avec ses mêmes yeux sans vie, les heureux pour qui la saison allait être bonne, — et les autres, ceux qui ne devaient pas revenir.

Le saint-sacrement, suivi d'une procession lente de femmes et de mères, de fiancées et de sœurs, faisait le tour du port, où tous les navires islandais, qui s'étaient pavoisés, saluaient du pavillon au passage. Le prêtre, s'arrêtant devant chacun d'eux, disait les paroles et faisait les gestes qui bénissent.

Ensuite ils partaient tous, comme une flotte, laissant le pays presque vide d'époux, d'amants et de fils. En s'éloignant, les équipages chantaient ensemble, à pleines voix vibrantes, les cantiques de Marie Étoile-de-la-Mer.

Et chaque année, c'était le même cérémonial de départ, les mêmes adieux.

Après, recommençait la vie du large, l'isolement à trois ou quatre compagnons rudes, sur des planches mouvantes, au milieu des eaux froides de la mer hyperborée.

Jusqu'ici, on était revenu; — la Vierge Étoile-de-la-Mer avait protégé ce navire qui portait son nom.

La fin d'août était l'époque de ces retours. Mais la *Marie* suivait l'usage de beaucoup d'Islandais, qui est de toucher seulement à Paimpol, et puis de descendre dans le golfe de Gascogne où l'on vend bien sa pêche, et dans les îles de sable à marais salants où l'on achète le sel pour la campagne prochaine.

Et puis, avec les premières brumes de l'automne, on rentre au foyer, à Paimpol ou dans les chaumières éparses du pays de Goëlo, s'occuper pour un temps de famille et d'amour, de mariages et de naissances. Presque toujours on trouve là des petits nouveau-nés qui attendent des parrains pour recevoir le sacrement du baptême : — il faut beaucoup d'enfants à ces races de pêcheurs que l'Islande dévore.

II

A Paimpol, un beau soir de cette année-là, un dimanche de juin, il y avait deux femmes très occupées à écrire une lettre.

Cela se passait devant une large fenêtre qui était ouverte et dont l'appui, en granit ancien et massif, portait une rangée de pots de fleurs.

Penchées sur leur table, toutes deux semblaient jeunes; l'une avait une coiffe extrêmement grande, à la mode d'autrefois; l'autre, une coiffe toute petite, de la forme nouvelle qu'ont adoptée les Paimpolaises : — deux amoureuses, eût-on dit, rédigeant ensemble un message tendre pour quelque bel *Islandais.*

Celle qui dictait — la grande coiffe — releva la tête, cherchant ses idées. Tiens! elle était vieille, très vieille, malgré sa tournure jeunette, ainsi vue de dos sous son petit châle brun. Mais tout à fait vieille; une bonne grand'mère d'au moins soixante-dix ans. Encore jolie par exemple, et encore fraîche, avec les pommettes bien roses, comme certains vieillards ont le don de les conserver.

Elle regardait par la fenêtre, cherchant ce qu'elle pourrait bien raconter de plus pour amuser son petit-fils.

Vraiment il n'existait pas ailleurs, dans tout le pays de Paimpol, une autre bonne vieille comme elle, pour trouver des choses aussi drôles à dire sur les uns ou les autres, ou même sur rien du tout. Dans cette lettre, il y avait déjà trois ou quatre histoires impayables, — mais sans la moindre malice, car elle n'avait rien de mauvais dans l'âme.

L'autre, voyant que les idées ne venaient plus, s'était mise à écrire soigneusement l'adresse :

A monsieur Moan, Sylvestre, à bord de la MARIE, *capitaine Guermeur, — dans la mer d'Islande par Reickawick.*

Après, elle aussi releva la tête pour demander :

— C'est-il fini, grand'mère Moan?

Elle était bien jeune, celle-ci, adorablement jeune, une figure de vingt ans. Très blonde, — couleur rare en ce coin de Bretagne où la race est brune; très blonde, avec des yeux d'un gris de lin à cils presque noirs. Ses sourcils, blonds autant que ses cheveux, étaient comme repeints au milieu d'une ligne plus rousse, plus foncée, qui donnait une expression de vigueur et de volonté. Dans toute sa personne svelte, il y avait quelque chose de fier, de grave aussi un peu, qui lui venait des hardis marins d'Islande ses ancêtres. Elle avait une expression d'yeux à la fois obstinée et douce.

On sentait bien qu'elle avait été élevée autrement

que cette pauvre vieille à qui elle prêtait le nom de grand'mère, mais qui, de fait, n'était qu'une grand'-tante éloignée, ayant eu des malheurs.

Elle était la fille de M. Mével, un ancien Islandais, un peu forban, enrichi par des entreprises audacieuses sur mer.

Cette belle chambre où la lettre venait de s'écrire était la sienne : un lit tout neuf à la mode des villes avec des rideaux en mousseline, une dentelle au bord; et, sur les épaisses murailles, un papier de couleur claire atténuant les irrégularités du granit. Au plafond, une couche de chaux blanche recouvrait des solives énormes qui révélaient l'ancienneté du logis; — c'était une vraie maison de bourgeois aisés, et les fenêtres donnaient sur cette vieille place grise de Paimpol, où se tiennent les marchés et les pardons.

— C'est fini, grand'mère Yvonne? Vous n'avez plus rien à lui dire?

— Non, ma fille, ajoute seulement, je te prie, le bonjour de ma part au fils Gaos.

Le fils Gaos?... autrement dit Yann... Elle était devenue très rouge, la belle jeune fille fière, en écrivant ce nom-là.

Dès que ce fut ajouté au bas de la page, d'une écriture courue, elle se leva en détournant la tête, comme pour regarder dehors quelque chose de très intéressant sur la place.

CAHIER (S) OU PAGE (S) INTERVERTI (S) A LA COUTURE RETABLI (S) A LA PRISE DE VUE.

DE LA PAGE 17
A LA PAGE 24

Debout, elle était un peu grande; sa taille était moulée comme celle d'une élégante dans un corsage ajusté ne faisant pas de plis. Malgré sa coiffe, elle avait un air de demoiselle. Même ses mains étaient fines et blanches, n'ayant jamais travaillé à de grossiers ouvrages.

Il est vrai, elle avait bien commencé par être une petite Gaud courant pieds nus dans l'eau, n'ayant plus de mère, allant presque à l'abandon pendant ces saisons de pêche que son père passait en Islande; jolie, rose, dépeignée, volontaire, têtue, poussant vigoureuse au grand souffle âpre de la Manche. En ce temps-là, elle était recueillie l'été par cette pauvre grand'mère Moan, qui lui donnait Sylvestre à garder pendant ses dures journées de travail chez les gens de Paimpol.

Et elle avait une adoration de petite mère pour cet autre tout petit qui lui était confié, dont elle était l'aînée d'à peine dix-huit mois; aussi brun qu'elle était blonde, aussi soumis et câlin qu'elle était vive et capricieuse.

Vers cinq ou six ans, encore de très bonne heure pour elle, l'argent étant venu à son père qui s'était mis à acheter et revendre des cargaisons de navire, elle avait été emmenée par lui à Saint-Brieuc, et plus tard à Paris. — Alors, de petite Gaud, elle était devenue une *mademoiselle Marguerite*, grande, sérieuse, au regard grave. Toujours un peu livrée à elle-même, dans un autre genre d'abandon que celui de la grève bretonne, elle avait conservé sa nature obstinée d'enfant. Dans ces grandes villes, son costume s'était modifié beaucoup plus qu'elle-même. Bien qu'elle eût gardé cette coiffe, que les Bretonnes quittent difficilement, elle avait vite appris à s'habiller d'une autre façon.

Tous les ans, avec son père, elle revenait en Bretagne, — l'été seulement, comme les baigneuses, — retrouvant pour quelques jours ses souvenirs d'autrefois et son nom de Gaud (qui en breton veut dire Marguerite); un peu curieuse peut-être de voir ces Islandais dont on parlait tant, qui n'étaient jamais là, et dont chaque année quelques-uns de plus manquaient à l'appel; entendant partout causer de cette Islande qui lui apparaissait comme un gouffre lointain — et où était à présent celui qu'elle aimait.

Et puis un beau jour elle avait été ramenée pour tout à fait au pays de ces pêcheurs, par un caprice de son père, qui avait voulu finir là son existence et habiter comme un bourgeois sur cette place de Paimpol.

La bonne vieille grand'mère, pauvre et proprette, s'en alla en remerciant, dès que la lettre fut relue et l'enveloppe fermée. Elle demeurait assez loin, à l'entrée du pays de Ploubazlanec, dans un hameau de la côte, encore dans cette même chaumière où elle était née, où elle avait eu ses fils et ses petits-fils.

En traversant la ville, elle répondait à beaucoup de monde qui lui disait bonsoir : elle était une des anciennes du pays, débris d'une famille vaillante et estimée.

Elle avait continué de se tenir droite dans sa marche, pas du tout comme les vieilles; et vraiment, malgré ce menton un peu trop remonté, avec ces yeux si bons et ce profil si fin, on ne pouvait s'empêcher de la trouver bien jolie.

Elle était très respectée, et cela se voyait, rien que dans les bonsoirs que les gens lui donnaient.

Aujourd'hui elle se sentait plus fatiguée, plus cassée par sa vie de labeur incessant, — et elle songeait à son cher petit-fils, son dernier, qui, à son retour d'Islande, allait partir pour le service. — Cinq années!... S'en aller en Chine, peut-être à la guerre!... Serait-elle bien là, quand il reviendrait? — Une angoisse la prenait à cette pensée... Non, décidément, elle n'était pas si gaie qu'elle en avait eu l'air, cette pauvre vieille, et voici que sa figure se contractait horriblement comme pour pleurer.

C'était donc possible cela, c'était donc vrai, qu'on allait bientôt le lui enlever, ce dernier petit-fils... Hélas! mourir peut-être toute seule, sans l'avoir revu... On avait bien fait quelques démarches (des messieurs de la ville qu'elle connaissait) pour l'empêcher de partir, comme soutien d'une grand'mère presque indigente qui ne pourrait bientôt plus travailler. Cela n'avait pas réussi, — à cause de l'autre, Jean Moan le déserteur, un frère aîné de Sylvestre dont on ne parlait plus dans la famille, mais qui existait tout de même quelque part en Amérique, enlevant à son cadet le bénéfice de l'exemption militaire. Et puis on avait objecté sa petite pension de veuve de marin; on ne l'avait pas trouvée assez pauvre.

Quand elle fut rentrée, elle dit longuement ses prières, pour tous ses défunts, fils et petits-fils; ensuite elle pria aussi, avec une confiance ardente, pour son petit Sylvestre, et essaya de s'endormir, le cœur affreusement serré de se sentir si vieille au moment de ce départ...

L'autre, la jeune fille, était restée assise près de sa fenêtre, regardant sur le granit des murs les reflets jaunes du couchant, et, dans le ciel, les hirondelles noires qui tournoyaient. Paimpol était toujours très mort, même le dimanche, par ces longues soirées de mai; des jeunes filles, qui n'avaient seulement personne pour leur faire un peu la cour, se promenaient deux par deux, trois par trois, rêvant aux galants d'Islande...

« ...Le bonjour de ma part au fils Gaos... » Cela l'avait beaucoup troublée d'écrire cette phrase, et ce nom qui, à présent, ne voulait plus la quitter.

La première fois qu'elle l'avait aperçu, lui, ce Yann, c'était le lendemain de son arrivée, au *Pardon des Islandais*, qui est le 8 décembre, jour de la Notre-Dame de Bonne-Nouvelle, patronne des pêcheurs, — un peu après la procession, les rues sombres encore tendues de draps blancs sur lesquels étaient piqués du lierre et du houx, des feuillages et des fleurs d'hiver.

Grand bruit dans Paimpol; sons de cloches et chants de prêtres. Chansons rudes et monotones dans les cabarets; vieux airs à bercer les matelots; vieilles complaintes venues de la mer, venues je ne sais d'où, de la profonde nuit des temps. Groupes de marins se donnant le bras, zigzaguant dans les rues, par habitude de rouler et par commencement d'ivresse. Groupes de filles en coiffes blanches de nonnain, aux beaux yeux remplis des désirs de tout un été. Vieilles maisons de granit enfermant ce grouillement de monde; vieux toits racontant leurs luttes de plusieurs siècles contre les vents d'ouest, les pluies, contre tout ce que lance la mer; racontant aussi des histoires chaudes qu'ils ont abritées, des aventures anciennes d'audace et d'amour.

Et un sentiment religieux, une impression de passé, planant sur tout cela, avec un respect du culte antique, des symboles qui protègent, de la Vierge blanche et immaculée. A côté des cabarets, l'église au perron semé de feuillages, tout ouverte en grande baie sombre, avec son odeur d'encens, avec ses cierges dans son obscurité, et ses ex-voto de marins partout accrochés à la sainte voûte. A côté des filles amoureuses, les fiancées de matelots disparus, les veuves de naufragés, sortant des chapelles des morts, avec leurs longs châles de deuil et leurs petites coiffes lisses; les yeux à terre, silencieuses, passant au milieu de ce bruit de vie, comme un avertissement noir. Et là tout près, la mer toujours, la grande nourrice et la grande dévorante de ces générations vigoureuses, s'agitant elle aussi, faisant son bruit, prenant sa part de la fête...

De toutes ces choses ensemble, Gaud recevait l'impression confuse. Excitée et rieuse, avec le cœur serré dans le fond, elle sentait une espèce d'angoisse la prendre, à l'idée que ce pays maintenant était redevenu le sien pour toujours. Sur la place, où il y avait des jeux et des saltimbanques, elle se promenait avec ses amies qui lui nommaient, de droite et de gauche, les jeunes hommes de Paimpol ou de Ploubazlanec. Devant des chanteurs de complaintes, un groupe de ces « Islandais » était arrêté, tournant le dos. Et d'abord, frappée par l'un d'eux qui avait une taille de géant et des épaules presque trop larges, elle avait simplement dit, même avec une nuance de moquerie :

— En voilà un qui est grand!

Lui s'était retourné comme s'il l'eût entendue et,

de la tête aux pieds, il l'avait enveloppée d'un regard qui semblait dire :

— Quelle est celle-ci qui porte la coiffe de Paimpol, et qui est si élégante, et que je n'ai jamais vue?

Et puis ses yeux s'étaient abaissés vite, par politesse, et il avait de nouveau paru très occupé des chanteurs, ne laissant plus voir de sa tête que les cheveux noirs, qui étaient assez longs et très bouclés derrière, sur le cou.

Ayant demandé sans gêne le nom d'une quantité d'autres, elle n'avait pas osé pour celui-là. Ce beau profil à peine aperçu; ce regard superbe et un peu farouche; ces prunelles brunes, légèrement fauves, courant très vite sur l'opale bleuâtre de ses yeux, tout cela l'avait impressionnée et intimidée aussi.

Justement c'était ce « fils Gaos » dont elle avait entendu parler chez les Moan comme d'un grand ami de Sylvestre; le soir de ce même pardon, Sylvestre et lui, marchant bras dessus, bras dessous, les avaient croisés, son père et elle, et s'étaient arrêtés pour dire bonjour...

...A vrai dire, ce Yann n'avait pas été très galant pour elle, pendant cette première présentation, — au détour d'une petite rue grise toute jonchée de rameaux verts. Il s'était borné à lui ôter son chapeau, d'un geste presque timide bien que très noble; puis, l'ayant parcourue de son même regard rapide, il avait détourné les yeux d'un autre côté, paraissant être mécontent de cette rencontre et avoir hâte de passer son chemin. Une grande brise d'ouest, qui s'était levée pendant la procession, avait semé par terre des rameaux de buis et jeté sur le ciel des tentures gris noir... Gaud, dans sa rêverie de souvenir, revoyait très bien tout cela : cette tombée triste de la nuit sur cette fin de pardon; ces draps blancs piqués de fleurs qui se tordaient au vent le long des murailles; ces groupes tapageurs d'« Islandais », gens de vent et de tempête, qui entraient en chantant dans les auberges, se garant contre la pluie prochaine; surtout ce grand garçon, planté debout devant elle, détournant la tête, avec un air ennuyé et troublé de l'avoir rencontrée... Quel changement profond s'était fait en elle depuis cette époque!...

Et quelle différence entre le bruit de cette fin de fête et la tranquillité d'à présent! Comme ce même Paimpol était silencieux et vide ce soir, pendant le long crépuscule tiède de mai qui la retenait à sa fenêtre, seule, songeuse et enamourée!...

III

La seconde fois qu'ils s'étaient vus, c'étaient à des noces. Ce fils Gaos avait été désigné pour lui donner le bras. A l'heure dite, tout le monde étant déjà réuni pour le cortège, ce Yann n'avait point paru. Le temps passait, et il ne venait pas, et déjà on parlait de ne point l'attendre.

A la fin il était arrivé, en belle tenue lui aussi, s'excusant sans embarras auprès des parents de la mariée. Voilà : de grands bancs de poissons, qu'on n'attendait pas du tout, avaient été signalés d'Angleterre comme devant passer le soir; alors tout ce qu'il y avait de bateaux dans Ploubazlanec avait appareillé en hâte. Un émoi dans les villages, les femmes cherchant leurs maris dans les cabarets, les poussant pour les faire courir; se démenant elles-mêmes pour hisser les voiles, enfin un vrai *branle-bas* dans le pays...

Au milieu de tout ce monde qui l'entourait, il racontait avec une extrême aisance; avec des gestes à lui, des roulements d'yeux, et un beau sourire qui découvrait ses dents brillantes. Pour exprimer mieux la précipitation des appareillages, il jetait de temps en temps au milieu de ses phrases un certain petit *hou!* prolongé, très drôle, — qui est un cri de matelot donnant une idée de vitesse et ressemblant au son flûté du vent Lui qui parlait avait été obligé de se chercher un remplaçant bien vite et de le faire accepter par le patron de la barque auquel il s'était loué pour la saison d'hiver. De là venait son retard, et, pour n'avoir pas voulu manquer les noces, il allait perdre toute sa part de pêche.

Ces motifs avaient été parfaitement compris par les pêcheurs qui l'écoutaient et personne n'avait songé à lui en vouloir. Les autres Islandais qui étaient là regrettaient seulement de n'avoir pas été avertis assez tôt pour profiter, comme ceux de Ploubazlanec, de cette fortune qui allait passer au large.

Trop tard à présent, tant pis, il n'y avait plus qu'à offrir son bras aux filles. Les violons commençaient dehors leur musique, et gaiement on s'était mis en route.

D'abord il ne lui avait dit que de ces galanteries sans portée, comme on en conte pendant les fêtes de mariage aux jeunes filles que l'on connaît peu. Parmi ces couples de la noce, eux seuls étaient des étrangers l'un pour l'autre; ailleurs dans le cortège ce n'était que cousins ou cousines, fiancés et fiancées.

Mais le soir, pendant qu'on dansait, la causerie étant revenue entre eux deux sur ce grand passage de poissons, il lui avait dit brusquement, la regardant dans les yeux en plein, cette chose inattendue :

— Il n'y a que vous dans Paimpol, — et même dans le monde, — pour m'avoir fait manquer cet appareillage; non, sûr que pour aucune autre je ne me serais dérangé de ma pêche, mademoiselle Gaud...

Étonnée d'abord que ce pêcheur osât lui parler ainsi, à elle qui était venue à ce bal un peu comme une reine, et puis charmée délicieusement, elle avait fini par répondre :

— Je vous remercie, monsieur Yann ; et moi-même je préfère être avec vous qu'avec aucun autre.

Ç'avait été tout. Mais, à partir de ce moment jusqu'à la fin des danses, ils s'étaient mis à se parler d'une façon différente, à voix plus basse et plus douce...

On dansait à la vielle, au violon, les mêmes couples toujours ensemble. Quand lui venait la reprendre, après avoir par convenance dansé avec quelque autre, ils échangeaient un sourire d'amis qui se retrouvent et continuaient leur conversation d'avant qui était très intime. Naïvement, Yann racontait sa vie de pêcheur, ses fatigues, ses salaires, les difficultés d'autrefois chez ses parents, quand il avait fallu élever les quatorze petits Gaos dont il était le frère aîné. — A présent, ils étaient tirés de la peine, surtout à cause d'une épave que leur père avait rencontrée en Manche, et dont la vente leur avait apporté 10 000 francs, part faite à l'État; cela avait permis de construire un premier étage au-dessus de leur maison, — laquelle était à la pointe du pays de Ploubazlanec, tout au bout des terres, au hameau de Pors-Even, dominant la Manche, avec une vue très belle.

— C'était dur, disait-il, ce métier d'Islande : partir comme ça dès le mois de février, pour un tel pays, où il fait si froid et si sombre, avec une mer si mauvaise...

— ...Le métier est assez bon tout de même, et pour moi je n'en changerais toujours pas. Des années, c'est 800 francs ; d'autres fois 1 200, que l'on me donne au retour et que je porte à notre mère.

— Que vous portez à votre mère, monsieur Yann ?

— Mais oui, toujours tout. Chez nous, les Islandais, c'est l'habitude comme ça, mademoiselle Gaud. (Il disait cela comme une chose bien due et toute naturelle.) Ainsi, moi, vous ne croiriez pas, je n'ai presque jamais d'argent. Le dimanche, c'est notre mère qui m'en donne un peu quand je viens à Paimpol. Pour tout c'est la même chose. Ainsi cette année notre père m'a fait faire ces habits neufs que je porte, sans quoi je n'aurais jamais voulu venir aux noces : oh ! non, sûr, je ne serais pas venu vous donner le bras avec mes habits de l'an dernier...

Pour se mettre davantage à sa portée, elle avait raconté que, chez elle aussi, on ne s'était pas toujours trouvé à l'aise comme à présent ; que son père avait commencé par être pêcheur d'Islande, et gardait beaucoup d'estime pour les Islandais; qu'elle-même se rappelait avoir couru pieds nus, étant toute petite, — sur la grève, — après la mort de sa pauvre mère...

... Oh! cette nuit de bal, la nuit délicieuse, décisive et unique dans sa vie, — elle était déjà presque lointaine, puisqu'elle datait de décembre et qu'on était en mai. Tous les beaux danseurs d'alors pêchaient à présent là-bas, épars sur la mer d'Islande, — y voyant clair, au pâle soleil, dans leur solitude immense, tandis que l'obscurité se faisait tranquillement sur la terre bretonne.

Gaud restait à sa fenêtre. La place de Paimpol, presque fermée de tous côtés par des maisons antiques, devenait de plus en plus triste avec la nuit; on n'entendait guère de bruit nulle part. De temps en temps une porte se fermait, ou une fenêtre; quelque ancien marin sortait d'un cabaret, s'en allait par les petites rues sombres; ou bien quelques filles attardées rentraient de la promenade avec des bouquets de fleurs de mai. Il y avait du reste une odeur douce qui était montée des jardins et des cours, celle des chèvrefeuilles fleuris sur le granit des murs, — et aussi une vague senteur de goémon, venu du port. Les dernières chauves-souris glissaient dans l'air, d'un vol silencieux, comme les bêtes des rêves.

Gaud avait passé bien des soirées à cette fenêtre, regardant cette place mélancolique, songeant aux Islandais qui étaient partis, et toujours à ce même bal...

En se quittant le matin, quand tout le monde était parti à la débandade, au petit jour glacé, ils s'étaient dit adieu d'une façon à part, comme deux promis qui vont se retrouver le lendemain. Et alors, pour rentrer, elle avait traversé cette même place avec son père, nullement fatiguée, se sentant alerte et joyeuse, ravie de respirer, aimant cette brume gelée du dehors et cette aube triste, trouvant tout exquis et tout suave.

... Mais, après ce bal, pourquoi n'était-il pas revenu? Quel changement en lui? Rencontré par hasard, il avait l'air de la fuir, en détournant ses yeux dont les mouvements étaient toujours si rapides.

Souvent elle en avait causé avec Sylvestre, qui ne comprenait pas non plus :

— C'est pourtant bien avec celui-là que tu devrais te marier, Gaud, disait-il, si ton père le permettait, car tu n'en trouverais pas dans le pays un autre qui le vaille. Il fait bien un peu son têtu quelquefois, mais dans le fond il est tout à fait doux. Non, tu ne peux pas savoir comme il est bon. Et un marin ! à chaque saison de pêche les capitaines se disputent pour l'avoir...

La permission de son père, elle était bien sûre de l'obtenir, car jamais elle n'avait été contrariée dans ses volontés. Cela lui était donc bien égal qu'il ne fût pas riche. D'abord, un marin comme ça, il suffirait d'un peu d'argent d'avance pour lui faire suivre six mois les cours du cabotage, et il deviendrait un capitaine à qui tous les armateurs voudraient confier des navires.

Après ce bal, l'hiver dernier s'était passé dans cette attente de le revoir, et il n'était même pas venu lui dire adieu avant le départ d'Islande. Maintenant qu'il n'était plus là, rien n'existait pour elle; le temps ralenti semblait se traîner — jusqu'à ce retour d'automne pour lequel elle avait formé ses projets d'en avoir le cœur net et d'en finir...

... Onze heures à l'horloge de 'a mairie, — avec cette sonorité particulière que les cloches prennent pendant les nuits tranquilles des printemps.

A Paimpol, onze heures, c'est très tard; alors Gaud ferma sa fenêtre et alluma sa lampe pour se coucher...

Dans sa chaumière de Ploubazlanec, la grand'mère Moan, qui était, elle, sur l'autre versant plus noir de la vie, avait fini aussi par s'endormir, du sommeil glacé des vieillards, en songeant à son petit-fils et à la mort.

Et à cette même heure, à bord de la *Marie*, — sur la mer Boréale qui était ce soir-là très remuante, — Yann et Sylvestre, les deux désirés, se chantaient des chansons, tout en faisant gaiement leur pêche à la lumière sans fin du jour...

. . . .

Environ un mois plus tard. — En juin.

Autour de l'Islande, il fait cette sorte de temps

rare que les matelots appellent le *calme blanc*; c'est-à-dire que rien ne bougeait dans l'air, comme si toutes les brises étaient épuisées, finies.

Le ciel s'était couvert d'un grand voile blanchâtre, qui s'assombrissait par le bas, vers l'horizon, passait aux gris plombés, aux nuances ternes de l'étain. Et là-dessous, les eaux inertes jetaient un éclat pâle, qui fatiguait les yeux et qui donnait froid.

Éternel soir ou éternel matin, il était impossible de dire : un soleil qui n'indiquait plus aucune heure, restait là toujours, pour présider à ce resplendissement de choses mortes.

La *Marie* projetait sur l'étendue une ombre qui était très longue comme le soir, et qui paraissait verte, au milieu de ces surfaces polies reflétant les blancheurs du ciel; alors, dans toute cette partie ombrée qui ne miroitait pas, on pouvait distinguer par transparence ce qui se passait sous l'eau : des poissons innombrables, des myriades et des myriades, tous pareils, glissant doucement dans la même direction, comme ayant un but dans leur perpétuel voyage. C'étaient les morues qui exécutaient leurs évolutions d'ensemble, toutes en long dans le même sens, bien parallèles, faisant un effet de hachures grises, et sans cesse agitées d'un tremblement rapide, qui donnait un air de fluidité à cet amas de vies silencieuses. Quelquefois, avec un coup de queue brusque, toutes se retournaient en même temps, montrant le brillant de leur ventre argenté; et puis le même coup de queue, le même retournement, se propageait dans le banc tout entier par ondulations lentes, comme si des milliers de lames de métal eussent jeté, entre deux eaux, chacun un petit éclair.

. . . .

Jean-François de Nantes;
Jean-François.
Jean-François!

Ils chantaient, les deux grands enfants.

Et Yann s'occupait bien peu d'être si beau et d'avoir la mine si noble. D'ailleurs, enfant seulement avec Sylvestre, ne chantant et ne jouant jamais qu'avec celui-là; renfermé au contraire avec les autres, et plutôt fier et sombre; — très doux pourtant quand on avait besoin de lui; toujours bon et serviable quand on ne l'irritait pas.

Eux chantaient cette chanson-là; les deux autres, à quelques pas plus loin, chantaient autre chose, une autre mélopée faite aussi de somnolence, de santé et de vague mélancolie.

On ne s'ennuyait pas et le temps passait.

... Ils regardaient à présent, au fond de leur horizon gris, quelque chose d'imperceptible.

— Un vapeur, là-bas!

— J'ai idée, dit le capitaine en regardant bien, j'ai

idée que c'est un vapeur de l'État, — le croiseur qui vient faire sa ronde...

Cette vague fumée apportait aux pêcheurs des nouvelles de France et, entre autres, certaine lettre de vieille grand'mère, écrite par une main de belle jeune fille.

Il se rapprocha lentement; bientôt on vit sa coque, noire, — c'était bien le croiseur, qui venait faire un tour dans ces fiords de l'ouest.

En même temps, une légère brise qui s'était levée, piquante à respirer, commençait à marbrer par endroits la surface des eaux mortes. Le ciel, débarrassé de son voile, devenait clair; les vapeurs, retombées sur l'horizon, s'y tassaient en amoncellements d'ouates grises, formant comme des murailles molles autour de la mer. Les deux glaces sans fin entre lesquelles les pêcheurs étaient — celle d'en haut et celle d'en bas — reprenaient leur transparence profonde, comme si on eût essuyé les buées qui les avaient ternies. Le temps changeait, mais d'une façon rapide qui n'était pas bonne.

Et, de différents points de la mer, de différents côtés de l'étendue, arrivaient des navires pêcheurs : tous ceux de France qui rôdaient dans ces parages, des Bretons, des Normands, des Boulonnais ou des Dunkerquois. Comme des oiseaux qui rallient à un rappel, ils se rassemblaient à la suite de ce croiseur; il en sortait même des coins vides de l'horizon, et leurs petites ailes grisâtres apparaissaient partout. Ils peuplaient tout à fait le pâle désert.

Plus de lente dérive, ils avaient tendu leurs voiles à la fraîche brise nouvelle et se donnaient de la vitesse pour s'approcher.

Le croiseur, qui avait stoppé, était entouré maintenant de la pléiade des Islandais. De tous ces navires se détachaient des barques, en coquille de noix, lui amenant à bord des hommes rudes aux longues barbes, dans des accoutrements assez sauvages.

Ils avaient tous quelque chose à demander, un peu comme les enfants, des remèdes pour des petites blessures, des réparations, des vivres, des lettres.

D'autres venaient de la part de leurs capitaines se faire mettre aux fers, pour quelque mutinerie à expier; ayant tous été au service de l'État, ils trouvaient la chose bien naturelle. Et quand le faux-pont étroit du croiseur fut encombré par quatre ou cinq de ces grands garçons étendus la boucle au pied, le vieux maître qui les avait cadenassés, leur dit : « Couche-toi de travers donc, mes fils, qu'on puisse passer, » ce qu'ils firent docilement, avec un sourire.

Il y avait beaucoup de lettres cette fois, pour ces Islandais. Entre autres, deux pour la *Marie, capitaine Guermeur*, l'une à *monsieur Gaos, Yann*, la seconde à *monsieur Moan, Sylvestre.*

Le vaguemestre, puisant dans son sac en toile à

voile, leur faisait la distribution, ayant quelque peine souvent à lire les adresses qui n'étaient pas toutes mises par des mains très habiles.

Et le commandant disait :

— Dépêchez-vous, dépêchez-vous, le baromètre baisse.

Il s'ennuyait un peu de voir toutes ces petites coquilles de noix amenées à la mer, et tant de pêcheurs assemblés dans cette région peu sûre.

Yann et Sylvestre avaient l'habitude de lire leurs lettres ensemble.

Cette fois, ce fut au soleil de minuit, qui les éclairait du haut de l'horizon toujours avec son même aspect d'astre mort.

Assis tous deux à l'écart, dans un coin du pont, les bras enlacés et se tenant par les épaules, ils lisaient très lentement, comme pour se mieux pénétrer des choses du pays qui leur étaient dites.

Dans la lettre d'Yann, Sylvestre trouva des nouvelles de Marie Gaos, sa petite fiancée; dans celle de Sylvestre, Yann lut les histoires drôles de la vieille grand'mère Yvonne, qui n'avait pas sa pareille pour amuser les absents; et puis le dernier alinéa qui le concernait : « Le bonjour de ma part au fils Gaos ».

Et, les lettres finies de lire, Sylvestre timidement montrait la sienne à son grand ami, pour essayer de lui faire apprécier la main qui l'avait tracée :

— Regarde, c'est une très jolie écriture, n'est-ce pas, Yann?

Mais Yann, qui savait très bien quelle était cette main de jeune fille, détourna la tête en secouant ses épaules, comme pour dire qu'on l'ennuyait à la fin avec cette Gaud.

Alors Sylvestre replia soigneusement le pauvre petit papier dédaigné, le remit dans son enveloppe et le serra dans son tricot contre sa poitrine, se disant tout triste :

— Bien sûr, ils ne se marieront jamais... Mais qu'est-ce qu'il peut avoir comme ça contre elle?...

... Minuit sonné à la cloche du croiseur. Et ils restaient toujours là, assis, songeant au pays, aux absents, à mille choses, dans un rêve...

A ce moment, l'éternel soleil, qui avait un peu trempé son bord dans les eaux, recommença à monter lentement.

Et ce fut le matin...

IV

. . . .

... C'était en Bretagne, après la mi-septembre, par une journée déjà fraîche. Gaud cheminait toute seule sur la lande de Ploubazlanec, dans la direction de Pors-Even.

Depuis près d'un mois, les navires islandais étaient rentrés, — moins deux qui avaient disparu dans le coup de vent de juin. Mais la *Marie* ayant tenu bon, Yann et tous ceux du bord étaient au pays, tranquillement.

Gaud se sentait très troublée, à l'idée qu'elle se rendait chez ce Yann.

Une seule fois elle l'avait vu depuis le retour d'Islande; c'était quand on était allé, tous ensemble, conduire le pauvre petit Sylvestre, à son départ pour le service. (On l'avait accompagné jusqu'à la diligence, lui, pleurant un peu, sa vieille grand'mère pleurant beaucoup, et il était parti pour rejoindre le quartier de Brest.) Yann, qui était venu aussi pour embrasser son petit ami, avait fait mine de détourner les yeux quand elle l'avait regardé, et, comme il y avait beaucoup de monde autour de cette voiture, — d'autres inscrits qui s'en allaient, des parents assemblés pour leur dire adieu, — il n'y avait pas eu moyen de se parler.

Alors elle avait pris à la fin une grande résolution, et un peu craintive, s'en allait chez les Gaos.

Son père avait eu jadis des intérêts communs avec celui d'Yann et lui redevait une centaine de francs pour la vente d'une barque.

— Vous devriez, avait-elle dit, me laisser lui porter cet argent, mon père; d'abord je serais contente de voir Marie Gaos; puis je ne suis jamais allée si loin en Ploubazlanec, et cela m'amuserait de faire cette grande course.

Au fond, elle avait une curiosité anxieuse de cette famille d'Yann, où elle entrerait peut-être un jour, de cette maison, de ce village.

Dans une dernière causerie, Sylvestre, avant de partir, lui avait expliqué à sa manière la sauvagerie de son ami :

— Vois-tu, Gaud, c'est parce qu'il est comme cela; il ne veut se marier avec personne, par idée à lui; il n'aime bien que la mer, et même, un jour, par plaisanterie, il nous a dit lui avoir promis le mariage.

Elle lui pardonnait donc ses manières d'être, et, retrouvant toujours dans sa mémoire son beau sourire franc de la nuit du bal, elle se reprenait à espérer.

Si elle le rencontrait là, au logis, elle ne lui dirait rien, bien sûr; son intention n'était point de se montrer si osée. Mais lui, la revoyant de près, parlerait peut-être...

Elle marchait depuis une heure, alerte, agitée, respirant la brise saine du large.

De loin en loin, elle traversait de ces petits hameaux de marins qui sont toute l'année battus par le vent, et dont la couleur est celle des rochers.

Le petit village était loin derrière elle maintenant, et, à mesure qu'elle s'avançait sur ce dernier promontoire de la terre bretonne, les arbres se faisaient plus rares autour d'elle, la campagne plus triste.

Le terrain était ondulé, rocheux, et, de toutes les hauteurs, on voyait la grande mer. Plus d'arbres du tout à présent; rien que la lande rase, aux ajoncs verts, et, çà et là, les divins crucifiés découpant sur le ciel leurs grands bras en croix, donnant à tout ce pays l'air d'un immense lieu de justice.

A un carrefour, gardé par un de ces christs énormes, elle hésita entre deux chemins qui fuyaient entre des talus d'épines.

Une petite fille qui arrivait se trouva à point pour la tirer d'embarras :

— Bonjour, mademoiselle Gaud !

C'était une petite Gaos, une petite sœur d'Yann. Après l'avoir embrassée, elle lui demanda si ses parents étaient à la maison.

— Papa et maman, oui. Il n'y a que mon frère Yann, dit la petite sans aucune malice, qui est allé à Loguivy; mais je pense qu'il ne sera pas tard dehors.

Il n'était pas là, lui! Encore ce mauvais sort qui l'éloignait d'elle partout et toujours. Remettre sa visite à une autre fois, elle y pensa bien. Mais cette petite qui l'avait vue en route, qui pourrait parler... Que penserait-on de cela à Pors-Even? Alors elle décida de poursuivre, en musant le plus possible afin de lui donner le temps de rentrer.

Elle arriva à une chapelle, qu'on apercevait de loin sur une hauteur. C'était une chapelle toute grise, très petite et très vieille.

Gaud se trouvait presque au bout de sa course, puisque c'était la chapelle de Pors-Even ; alors elle s'y arrêta, pour gagner encore du temps.

Un petit mur croulant dessinait autour un enclos enfermant des croix. Et tout était de la même couleur, la chapelle, les arbres et les tombes ; le lieu tout entier semblait uniformément hâlé, rongé par le vent de la mer ; un même lichen grisâtre, avec ses taches d'un jaune pâle de soufre, couvrait les pierres, les branches noueuses, et les saints en granit qui se tenaient dans les niches du mur.

Sur une de ces croix de bois, un nom était écrit en grosses lettres : *Gaos.* — *Gaos, Joël, quatre-vingts ans.*

Ah ! oui, le grand-père ; elle savait cela. La mer n'en avait pas voulu, de ce vieux marin. Du reste, plusieurs des parents d'Yann devaient dormir dans cet enclos, c'était naturel, et elle aurait dû s'y attendre ; pourtant ce nom lu sur cette tombe lui faisait une impression pénible.

Afin de perdre un moment de plus, elle entra dire une prière sous ce porche antique, tout petit, usé, badigeonné de chaux blanche. Mais là elle s'arrêta, avec un plus fort serrement de cœur.

Gaos! encore ce nom, gravé sur une des plaques funéraires comme on en met pour garder le souvenir de ceux qui meurent au large.

Elle se mit à lire cette inscription :

En mémoire de
GAOS, JEAN-LOUIS,
âgé de 24 ans, matelot à bord de la *Marguerite*,
disparu en Islande, le 3 août 1877,
Qu'il repose en paix!

L'Islande, — toujours l'Islande! — Partout, à cette entrée de chapelle, étaient clouées d'autres plaques de bois, avec des noms de marins morts. C'était le coin des naufragés de Pors-Even, et elle regretta d'y être venue, prise d'un pressentiment noir. A Paimpol, dans l'église, elle avait vu des inscriptions pareilles, mais ici, dans ce village, il était plus petit, plus fruste, plus sauvage, le tombeau vide des pêcheurs islandais. Il y avait de chaque côté un banc de granit, pour les veuves, pour les mères : et ce lieu bas, irrégulier comme une grotte, était gardé par une bonne vierge très ancienne, repeinte en rose, avec de gros yeux méchants, qui ressemblait à Cybèle, déesse primitive de la terre.

Gaos! encore!

En mémoire de
GAOS, FRANÇOIS,
époux de Anne-Marie LE GOASTER,
capitaine à bord du *Paimpolais*,
perdu en Islande du 1er au 3 avril 1877,
avec vingt-trois hommes composant son équipage.
Qu'ils reposent en paix!

Et, en bas, deux os de mort en croix, sous un crâne noir avec des yeux verts, peinture naïve et macabre, sentant encore la barbarie d'un autre âge.

Gaos! partout ce nom!

Un autre Gaos s'appelait Yves, *enlevé du bord de son navire et disparu aux environs de Norden-Fiord, en Islande, à l'âge de vingt-deux ans.* La plaque semblait être là depuis de longues années; il devait être bien oublié, celui-là...

En lisant, il lui venait pour ce Yann des élans de tendresse douce, et un peu désespérée aussi. Jamais, non, jamais il ne serait à elle! Comment le disputer à la mer, quand tant d'autres Gaos y avaient sombré, des ancêtres, des frères, qui devaient avoir avec lui des ressemblances profondes.

Elle entra dans la chapelle, déjà obscure, à peine éclairée par ses fenêtres basses aux parois épaisses. Et là, le cœur plein de larmes qui voulaient tomber, elle s'agenouilla pour prier devant des saints et des saintes énormes, entourés de fleurs grossières, et qui touchaient la voûte avec leur tête. Dehors, le vent qui se levait commençait à gémir, comme rapportant au pays breton la plainte des jeunes hommes morts.

Le soir approchait; il fallait pourtant bien se décider à faire sa visite et s'acquitter de sa commission.

Elle reprit sa route et, après s'être informée dans le village, elle trouva la maison des Gaos, qui était adossée à une haute falaise; on y montait par une douzaine de marches en granit. Tremblant un peu à l'idée que Yann pouvait être revenu, elle traversa le jardinet où poussaient des chrysanthèmes et des véroniques.

En entrant, elle dit qu'elle apportait l'argent de cette barque vendue, et on la fit asseoir très poliment pour attendre le retour du père, qui lui signerait son reçu. Parmi tout ce monde qui était là, ses yeux cherchèrent Yann, mais elle ne le vit point.

Le logis des Gaos était aménagé à la manière traditionnelle des chaumières bretonnes; une immense cheminée en occupait le fond, et des lits en armoire s'étageaient sur les côtés. Mais cela n'avait pas l'obscurité ni la mélancolie de ces gîtes des laboureurs, qui sont toujours à demi enfouis au bord des chemins; c'était clair et propre, comme en général chez les gens de mer.

Plusieurs petits Gaos étaient là, garçons ou filles, tous frères d'Yann, — sans compter deux grands qui naviguaient. Et, en plus, une bien petite blonde, triste et proprette, qui ne ressemblait pas aux autres.

— Une que nous avons adoptée l'an dernier, expliqua la mère ; nous en avions déjà beaucoup pourtant ; mais, que voulez-vous, mademoiselle Gaud ! son père était de la *Maria-Dieu-t-aime*, qui s'est perdue en Islande à la saison dernière, comme vous savez, — alors, entre voisins, on s'est partagé les cinq enfants qui restaient et celle-ci nous est échue.

Entendant qu'on parlait d'elle, la petite adoptée baissait la tête et souriait en se cachant contre le petit Laumec Gaos qui était son préféré.

Il y avait un air d'aisance partout dans la maison, et la fraîche santé se voyait, épanouie sur toutes ces joues roses d'enfants.

... Un pas un peu lourd dans l'escalier la fit tressaillir.

Non, ce n'était pas Yann, mais un homme qui lui ressemblait malgré ses cheveux déjà blancs, qui avait presque sa haute stature et qui était droit comme lui : le père Gaos rentrant de la pêche.

Après l'avoir saluée et s'être enquis des motifs de sa visite, il lui signa son reçu, ce qui fut un peu long, car sa main n'était plus, disait-il, très assurée.

On s'excusait presque, dans la maison, de l'absence d'Yann, comme si on eût trouvé plus honnête que toute la famille fût là assemblée pour la recevoir. La père avait peut-être même deviné, avec sa finesse de vieux matelot, que son fils n'était pas indifférent à cette belle héritière; car il mettait un peu d'insistance à toujours reparler de lui :

— C'est bien étonnant, disait-il, il n'est jamais si tard dehors. Il est allé à Loguivy, mademoiselle Gaud, acheter des casiers pour prendre les homards; comme vous savez, c'est notre grande pêche de l'hiver.

Elle, distraite, prolongeait sa visite, ayant cependant conscience que c'était trop, et sentant un serrement de cœur lui venir à l'idée qu'elle ne le verrait pas.

— Un homme sage comme lui, qu'est-ce qu'il peut bien faire? Au cabaret, il n'y est pas, bien sûr; nous n'avons pas cela à craindre avec notre fils. — Je ne dis pas, une fois de temps en temps, le dimanche, avec des camarades... Vous savez, mademoiselle Gaud, les marins... Eh! mon dieu, quand on est jeune homme, n'est-ce pas, pourquoi s'en priver tout à fait?... Mais la chose est bien rare avec lui, c'est un homme sage, nous pouvons le dire.

Cependant la nuit venait. Les petits Gaos et la petite adoptée, assis sur des bancs, se serraient les uns aux autres, attristés par l'heure grise du soir, et regardaient Gaud, ayant l'air de se demander :

« A présent, pourquoi ne s'en va-t-elle pas? »

Et, dans la cheminée, la flamme commençait à

éclairer rouge, au milieu du crépuscule qui tombait.

— Vous devriez rester manger la soupe avec nous mademoiselle Gaud.

Oh! non, elle ne le pouvait pas; le sang lui monta tout à coup au visage à la pensée d'être restée si tard. Elle se leva et prit congé.

Le père d'Yann s'était levé lui aussi pour l'accompagner un bout de chemin. A la croix de Plouëzoc'h, elle salua le vieillard, le priant de retourner. Les lumières de Paimpol se voyaient déjà, et il n'y avait plus aucune raison d'avoir peur.

Allons, c'était fini pour cette fois... Et qui sait à présent quand elle verrait Yann...

Pour retourner à Pors-Even, les prétextes ne lui auraient pas manqué, mais elle aurait eu trop mauvais air en recommençant cette visite. Il fallait être plus courageuse et plus fière. Si seulement Sylvestre, son petit confident, eût été là encore, elle l'aurait chargé peut-être d'aller trouver Yann de sa part, afin de le faire s'expliquer. Mais il était parti, et pour combien d'années?...

V

... Depuis quinze jours, Sylvestre, le petit confident de Gaud, était au quartier de Brest ; — très dépaysé, mais très sage ; portant crânement son col bleu ouvert et son bonnet à pompon rouge ; superbe en matelot, avec son allure roulante et sa haute taille ; dans le fond, regrettant toujours sa bonne vieille grand'mère et resté l'enfant innocent d'autrefois.

Un jour on l'appela au bureau de sa compagnie : on avait à lui annoncer qu'il était désigné pour la Chine, pour l'escadre de Formose !...

Il se doutait depuis longtemps que ça arriverait, ayant entendu dire à ceux qui lisaient les journaux que, par là-bas, la guerre n'en finissait plus. A cause de l'urgence du départ, on le prévenait en même temps qu'on ne pourrait pas lui donner la permission accordée d'ordinaire, pour les adieux, à ceux qui vont en campagne : dans cinq jours, il faudrait faire son sac et s'en aller.

Il lui vint un trouble extrême : c'était le charme des grands voyages, de l'inconnu, de la guerre : c'était aussi l'angoisse de tout quitter, avec l'inquiétude vague de ne plus revenir.

Mille choses tourbillonnaient dans sa tête. Un

grand bruit se faisait autour de lui, dans les salles du quartier, où quantité d'autres venaient d'être désignés aussi pour cette escadre de Chine.

Et vite il écrivit à sa pauvre vieille grand'mère, vite, au crayon, assis par terre, isolé dans une rêverie agitée, au milieu du va-et-vient et de la clameur de tous ces jeunes hommes qui, comme lui, allaient partir...

. . . .

— Elle est un peu ancienne, son amoureuse! disaient les autres, deux jours après, en riant derrière lui; c'est égal, ils ont l'air de bien s'entendre tout de même.

Ils s'amusaient de le voir, pour la première fois, se promener dans les rues de Recouvrance avec une femme au bras, comme tout le monde, se penchant vers elle d'un air tendre, lui disant des choses qui avaient l'air tout à fait douces.

Une petite personne à la tournure assez alerte, vue de dos; — des jupes un peu courtes, par exemple, pour la mode du jour; un petit châle brun, et une coiffe de Paimpolaise.

Elle aussi, suspendue à son bras, se retournait vers lui pour le regarder avec tendresse.

Elle est un peu ancienne, l'amoureuse!

Ils disaient cela, les autres, sans grande malice, voyant bien que c'était une bonne vieille grand'mère, venue de la campagne...

...Venue en hâte, prise d'une épouvante affreuse à la nouvelle du départ de son petit-fils : — car cette guerre de Chine avait déjà coûté beaucoup de marins au pays de Paimpol.

Ayant réuni toutes ses pauvres petites économies, arrangé dans un carton sa belle robe des dimanches et une coiffe de rechange, elle était partie pour l'embrasser au moins encore une fois.

Tout droit elle avait été le demander à la caserne, et d'abord l'adjudant de sa compagnie avait refusé de le laisser sortir.

— Si vous voulez réclamer, allez, ma bonne dame, allez vous adresser au capitaine, le voilà qui passe.

Et carrément, elle y était allée. Celui-ci s'était laissé toucher.

— Envoyez Moan *se changer*, avait-il dit.

Et Moan, quatre à quatre, était monté se mettre en toilette de ville, — tandis que la bonne vieille, pour l'amuser, comme toujours, faisait par derrière à cet adjudant une fine grimace impayable, avec une révérence.

Ensuite, quand il reparut, le petit-fils bien décolleté dans sa tenue de sortie, elle avait été émerveillée de le trouver si beau : sa barbe noire, qu'un coiffeur lui avait taillée, était en pointe à la mode des marins cette année-là, les liettes de sa chemise ouverte étaient frisées menu, et son bonnet avait de longs rubans qui flottaient terminés par des ancres d'or.

Un instant elle s'était imaginé voir son fils Pierre qui, vingt ans auparavant, avait été lui aussi gabier de la flotte, et le souvenir de ce long passé déjà enfui derrière elle, de tous ces morts, avait jeté furtivement sur l'heure présente une ombre triste.

Tristesse vite effacée. Ils étaient sortis bras dessus, bras dessous, dans la joie d'être ensemble, — et c'est alors que, la prenant pour son amoureuse, on l'avait jugée « un peu ancienne ».

Elle l'avait emmené dîner, en partie fine, dans une auberge tenue par des Paimpolais, qu'on lui avait recommandée comme n'étant pas trop chère. Ensuite, se donnant le bras toujours, ils étaient allés dans Brest, regarder les étalages des boutiques. Et rien n'était si amusant que tout ce qu'elle trouvait à dire pour faire rire son petit-fils, — en breton de Paimpol que les passants ne pouvaient pas comprendre.

Elle était restée trois jours avec lui, trois jours de fête sur lesquels pesait un *après* bien sombre, autant dire trois jours de grâce.

Et enfin il avait bien fallu repartir, s'en retourner à Ploubazlanec. C'est que d'abord elle était au bout de son pauvre argent. Et puis Sylvestre embarquait le surlendemain, et les matelots sont toujours consignés inexorablement dans les quartiers, la veille des grands départs (un usage qui semble à première vue un peu barbare, mais qui est une précaution nécessaire contre les *bordées* qu'ils ont tendance à courir au moment de se mettre en campagne).

Oh! ce dernier jour!... Elle avait eu beau faire, beau chercher dans sa tête pour dire encore des choses drôles à son petit-fils, elle n'avait rien trouvé, non, mais c'étaient les larmes qui avaient envie de venir, les sanglots qui, à chaque instant, lui montaient à la gorge. Suspendue à son bras, elle lui faisait mille recommandations qui, à lui aussi, donnaient l'envie de pleurer. Et ils avaient fini par entrer dans une église pour dire ensemble leurs prières.

C'est par le train du soir qu'elle s'en était allée. Pour économiser, ils s'étaient rendus à pied à la gare; lui, portant son carton de voyage et la soutenant de son bras fort sur lequel elle s'appuyait de tout son poids. Elle était fatiguée, fatiguée, la pauvre vieille; elle n'en pouvait plus, de s'être tant surmenée pendant trois ou quatre jours. Le dos tout courbé sous son châle brun, ne trouvant plus la force de se redresser, elle n'avait plus rien de jeunet dans la tournure et sentait bien toute l'accablante lourdeur de ses soixante-seize ans. A l'idée que c'était fini, que dans quelques minutes il faudrait le quitter, son cœur se déchirait d'une manière affreuse. Et c'était en Chine qu'il s'en allait, là-bas, à la tuerie! Elle l'avait encore là, avec elle; elle le tenait encore de ses deux pauvres mains... et cependant il partirait; ni toute sa volonté, ni toute ses larmes, ni tout son désespoir de grand'mère ne pourraient rien pour le garder!...

Embarrassée de son billet, de son panier de provisions, de ses mitaines, agitée, tremblante, elle lui faisait ses recommandations dernières auxquelles il répondait tout bas par de petits *oui* bien soumis, la tête penchée tendrement vers elle, la regardant avec ses bons yeux doux, son air de petit enfant.

— Allons, la vieille, il faut vous décider si vous voulez partir!

La machine sifflait. Prise de la frayeur de manquer le train, elle lui enleva des mains son carton; — puis laissa retomber la chose à terre, pour se pendre à son cou dans un embrassement suprême.

On les regardait beaucoup dans cette gare, mais ils ne donnaient plus envie de sourire à personne. Poussée par les employés, épuisée, perdue, elle se jeta dans le premier compartiment venu, dont on lui referma brusquement la portière sur les talons, tandis que, lui, prenait sa course légère de matelot, décrivait une courbe d'oiseau qui s'envole, afin de faire le tour et d'arriver à la barrière, dehors, à temps pour la voir passer.

Un grand coup de sifflet, l'ébranlement bruyant des roues, — la grand'mère passa. — Lui, contre cette barrière, agitait avec une grâce juvénile son bonnet à rubans flottants, et elle, penchée à la fenêtre de son wagon de troisième, faisait signe avec son mouchoir pour être mieux reconnue. Si longtemps qu'elle put, si longtemps qu'elle distingua cette forme bleu-noir qui était encore son petit-fils, elle le suivit des yeux, lui jetant de toute son âme cet « au revoir » toujours incertain que l'on dit aux marins quand ils s'en vont.

Et, quand elle ne le vit plus, elle retomba assise, sans souci de froisser sa belle coiffe, pleurant à sanglots, dans une angoisse de mort...

Lui, s'en retournait lentement, tête baissée, avec de grosses larmes descendant sur ses joues. La nuit d'automne était venue, le gaz allumé partout, la fête des matelots commencée. Sans prendre garde à rien, il traversa Brest, puis le pont de Recouvrance, se rendant au quartier.

. . . .

Il avait pris le large, emporté très vite sur des mers inconnues, beaucoup plus bleues que celle de l'Islande.

Le navire qui le conduisait en extrême Asie avait ordre de se hâter, de brûler les relâches.

Déjà il avait conscience d'être bien loin, à cause de cette vitesse qui était incessante, égale, qui allait toujours, presque sans souci du vent ni de la mer. Étant gabier, il vivait dans sa mâture, perché comme un oiseau, évitant ces soldats entassés sur le pont, cette cohue d'en bas.

On s'était arrêté deux fois sur la côte de Tunis, pour prendre encore des zouaves et des mulets; de très loin il avait aperçu des villes blanches sur des sables ou des montagnes. Il était même descendu de sa hune pour regarder curieusement des hommes très bruns, drapés de voiles blancs, qui étaient venus dans des barques pour vendre des fruits : les autres lui avaient dit que c'était ça, les Bédouins.

Un jour, on était arrivé à une ville appelée Port-Saïd. Tous les pavillons d'Europe flottaient dessus au bout de longues hampes, lui donnant un air de Babel en fête, et des sables miroitants l'entouraient comme une mer. On avait mouillé là à toucher les quais, presque au milieu des longues rues à maisons de bois. Jamais, depuis le départ, il n'avait vu si clair et de si près le monde du dehors, et cela l'avait distrait, cette agitation, cette profusion de bateaux.

Avec un bruit continuel de sifflets et de sirènes à vapeur, tous ces navires s'engouffraient dans une sorte de long canal, étroit comme un fossé qui fuyait en ligne argentée dans l'infini de ces sables. Du haut de sa hune, il les voyait s'en aller comme en procession pour se perdre dans les plaines.

Sur ces quais circulaient toute espèce de costumes; des hommes en robes de toutes les couleurs, affairés, criant, dans le grand coup de feu du transit. Et le soir, aux sifflets diaboliques des machines, étaient venus se mêler les tapages confus de plusieurs orchestres, jouant des choses bruyantes, comme pour endormir les regrets déchirants de tous les exilés qui passaient.

Le lendemain, dès le soleil levé, ils étaient entrés, eux aussi dans l'étroit ruban d'eau entre les sables, suivis d'une queue de bateaux de tous les pays. Cela avait duré deux jours, cette promenade à la file dans le désert; puis une autre mer s'était ouverte devant eux, et ils avaient repris le large.

On marchait à toute vitesse toujours; cette mer plus chaude avait à sa surface des marbrures rouges et quelquefois l'écume battue du sillage avait la couleur du sang. Il vivait presque tout le temps dans sa hune, se chantant tout bas à lui-même *Jean-François de Nantes*, pour se rappeler son frère Yann, l'Islande, le bon temps passé.

... Une fois, dans sa hune, il fut très amusé par des nuées de petits oiseaux, d'espèce inconnue, qui vinrent se jeter sur le navire comme des tourbillons de poussière noire. Ils se laissaient prendre et caresser, n'en pouvant plus. Tous les gabiers en avaient sur leurs épaules.

Mais bientôt, les plus fatigués commencèrent à mourir,

... Ils mouraient par milliers, sur les vergues, sur les sabords, ces tout petits, au soleil terrible de la mer Rouge.

Ils étaient venus de par delà les grands déserts, poussés par un vent de tempête. Par peur de tomber dans cet infini bleu qui était partout, ils s'étaient abattus d'un dernier vol épuisé, sur ce bateau qui passait.

Et ils mouraient tous sur ces ferrures chaudes du navire; le pont était jonché de leurs petits corps qui hier palpitaient de vie, de chants et d'amour... Petites loques noires, aux plumes mouillées, Sylvestre et les gabiers les ramassaient, étendant dans leurs mains, d'un air de commisération, ces fines ailes bleuâtres, — et puis les poussaient au grand néant de la mer, à coups de balai...

Ensuite passèrent des sauterelles, filles de celles de Moïse, et le navire en fut couvert.

Puis on navigua encore plusieurs jours dans du bleu inaltérable où on ne voyait plus rien de vivant, — si ce n'est des poissons quelquefois, qui volaient au ras de l'eau...

... De la pluie à torrents, sous un ciel lourd et tout noir; — c'était l'Inde. Sylvestre venait de mettre le pied sur cette terre-là, le hasard l'ayant fait choisir à bord pour compléter l'*armement* d'une baleinière.

A travers l'épaisseur des feuillages, il recevait l'ondée tiède, et regardait autour de lui les choses étranges. Tout était magnifiquement vert; les feuilles des arbres étaient faites comme des plumes gigantesques, et les gens qui se promenaient avaient de grands yeux veloutés qui semblaient se fermer sous le poids de leurs cils. Le vent qui poussait cette pluie sentait le musc et les fleurs.

Après une nouvelle semaine de mer bleue, on s'arrêta dans un autre pays de pluie et de verdure. Une nuée de bonshommes jaunes, qui poussaient des cris, envahit tout de suite le bord, apportant du charbon dans des paniers.

— Alors, nous sommes donc déjà en Chine? demanda Sylvestre, voyant qu'ils avaient tous des figures de magot et des queues.

On lui dit que non; encore un peu de patience : ce n'était que Singapour. Il remonta dans sa hune, pour éviter la poussière noirâtre que le vent promenait, tandis que le charbon des milliers de petits paniers s'entassait fiévreusement dans les soutes.

Enfin on arriva un jour dans un pays appelé Tourane, où se trouvait au mouillage une certaine *Circé* tenant un blocus. C'était le bateau auquel il se savait depuis longtemps destiné, et on l'y déposa avec son sac. Il y retrouva des *pays*, même deux *Islandais* qui, pour le moment, étaient canonniers.

Le soir, par ces temps toujours chauds et tranquilles où il n'y avait rien à faire, ils se réunissaient sur le pont, isolés des autres, pour former ensemble une petite Bretagne de souvenir.

Il dut passer cinq mois d'inaction et d'exil dans cette baie triste, avant le moment désiré d'aller se battre.

VI

. . . .

Paimpol, — le dernier jour de février, veille du départ des pêcheurs pour l'Islande.

Gaud se tenait debout contre la porte de sa chambre, immobile et devenue très pâle.

C'est que Yann était en bas, à causer avec son père. Elle l'avait vu venir, et elle entendait vaguement résonner sa voix.

Ils ne s'étaient pas rencontrés de tout l'hiver, comme si une fatalité les eût toujours éloignés l'un de l'autre.

Après sa course à Pors-Even, elle avait fondé quelque espérance sur le *Pardon des Islandais*, où l'on a beaucoup d'occasions de se voir et de causer, sur la place, le soir, dans les groupes. Mais, dès le matin de cette fête, les rues étant déjà tendues de blanc, ornées de guirlandes vertes, une mauvaise pluie s'était mise à tomber à torrents, chassée de l'ouest par une brise gémissante; sur Paimpol, on n'avait jamais vu le ciel si noir. « Allons, ceux de Ploubazlanec ne viendront pas, » avaient dit tristement les filles qui avaient leurs amoureux de ce côté-là. Et, en effet, ils n'étaient pas venus, ou bien s'étaient vite enfermés à boire. Pas de procession, pas de promenade, et elle, le cœur plus serré que de coutume, était restée derrière ses vitres toute la soirée, écoutant ruisseler l'eau des toits et monter du fond des cabarets les chants bruyants des pêcheurs.

Et, précisément, cette visite d'Yann tombait à une heure choisie : elle était sûre que son père, en ce moment assis à fumer, ne se dérangerait pas pour le reconduire; donc, dans le corridor où il n'y aurait personne, elle pourrait avoir enfin son explication avec lui.

Mais voici qu'à présent le moment venu, cette hardiesse lui semblait extrême. L'idée seulement de le rencontrer, de le voir face à face au pied de ces marches la faisait trembler. Son cœur battait à se rompre... Et dire que, d'un moment à l'autre, cette porte en bas allait s'ouvrir, — avec le petit bruit grinçant qu'elle connaissait bien, — pour lui donner passage!

Non, décidément, elle n'oserait jamais; plutôt se consumer d'attente et mourir de chagrin, que tenter une chose pareille. Et déjà elle avait fait quelques pas pour retourner au fond de sa chambre, s'asseoir et travailler.

Mais elle s'arrêta encore, hésitante, effarée, se rappelant que c'était demain le départ pour l'Islande, et que cette occasion de le voir était unique. Il faudrait donc, si elle la manquait, recommencer des mois de solitude et d'attente, languir après son retour, perdre encore tout un été de sa vie...

En bas, la porte s'ouvrit : Yann sortait! Brusquement résolue, elle descendit en courant l'escalier, et arriva tremblante, se planter devant lui.

— Monsieur Yann, je voudrais vous parler, s'il vous plaît.

— A moi!... mademoiselle Gaud?... dit-il en baissant la voix, portant la main à son chapeau.

Il la regardait d'un air sauvage, avec ses yeux vifs, la tête rejetée en arrière, l'expression dure, ayant même l'air de se demander si seulement il s'arrêterait. Un pied en avant, prêt à fuir, il plaquait ses larges épaules à la muraille, comme pour être moins près d'elle dans ce couloir étroit où il se voyait pris.

Glacée, alors, elle ne retrouvait plus rien de ce qu'elle avait préparé pour lui dire : elle n'avait pas prévu qu'il pourrait lui faire cet affront-là, de passer sans l'avoir écoutée...

— Est-ce que notre maison vous fait peur, monsieur Yann ? demanda-t-elle d'un ton sec et bizarre, qui n'était pas celui qu'elle voulait avoir.

Lui, détournait les yeux, regardant dehors. Ses joues étaient devenues très rouges, une montée de sang lui brûlait le visage, et ses narines mobiles se dilataient à chaque respiration, suivant les mouvements de sa poitrine, comme celle des taureaux.

Elle essaya de continuer :

— Le soir du bal où nous étions ensemble, vous m'aviez dit au revoir comme on ne le dit pas à une indifférente... Monsieur Yann, vous êtes sans mémoire donc... Que vous ai-je fait ?...

... Le mauvais vent d'ouest qui s'engouffrait là, venant de la rue, agitait les cheveux d'Yann, les ailes de la coiffe de Gaud, et, derrière eux, fit furieusement battre une porte. On était mal dans ce corridor pour parler de choses graves. Après ces premières phrases, étranglées dans sa gorge, Gaud restait muette, sentant tourner sa tête, n'ayant plus d'idées. Ils s'étaient avancés vers la porte de la rue, lui fuyant toujours.

— Non, mademoiselle Gaud, répondit-il à la fin en se dégageant avec une aisance de fauve. — Déjà j'en ai entendu dans le pays, qui parlaient sur nous... Non mademoiselle Gaud... Vous êtes riche, nous ne sommes pas des gens de la même classe. Je ne suis pas un garçon à venir chez vous, moi...

Et il s'en alla... Ainsi tout était fini, fini à jamais. Et elle n'avait même rien dit de ce qu'elle voulait dire, dans cette entrevue qui n'avait réussi qu'à la faire passer à ses yeux pour une effrontée... Quel garçon était-il donc, ce Yann, avec son dédain des filles, son dédain de l'argent, son dédain de tout!...

Elle restait d'abord clouée sur place, voyant les choses remuer autour d'elle, avec du vertige...

Et puis elle remonta vite dans sa chambre et s'assit, la tête dans ses mains. Que faire à présent?

Oh! s'il avait pu l'écouter rien qu'un moment; plutôt, s'il pouvait venir là, seul avec elle dans cette chambre où on se parlerait en paix, tout s'expliquerait peut-être encore.

Elle l'aimait assez pour oser le lui avouer en face. Elle lui dirait : « Vous m'avez cherchée quand je ne vous demandais rien; à présent, je suis à vous de toute mon âme si vous me voulez; voyez, je ne redoute pas de devenir la femme d'un pêcheur, et cependant, parmi les garçons de Paimpol, je n'aurais qu'à choisir si j'en désirais un pour mari; mais je vous aime, vous, parce que, malgré tout, je vous crois meilleur que les autres jeunes hommes; je suis un peu riche, je sais que je suis jolie; bien que j'aie habité dans les villes, je vous jure que je suis une fille sage, n'ayant jamais rien fait de bien mal; alors, puisque je vous aime tant, pourquoi ne me prendriez-vous pas?

... Mais tout cela ne serait jamais exprimé, jamais dit qu'en rêve; il était trop tard, Yann ne l'entendrait point. Tenter de lui parler une seconde fois... Oh! non! pour quelle espèce de créature la prendrait-il, alors!... Elle aimerait mieux mourir.

Et demain, ils partaient tous pour l'Islande!

Seule dans sa belle chambre, où entrait le jour blanchâtre de février, ayant froid, assise au hasard sur une des chaises rangées le long du mur, il lui semblait voir crouler le monde, avec les choses présentes et les choses à venir, au fond d'un vide morne, effroyable, qui venait de se creuser partout autour d'elle.

Elle souhaitait être débarrassée de la vie, être déjà couchée bien tranquille sous une pierre, pour ne plus souffrir... Mais, vraiment, elle lui pardonnait, et aucune haine n'était mêlée à son amour désespéré pour lui...

. . . .

On distribuait un courrier de France, là-bas, à bord de la *Circé*, en rade d'Ha-Long, à l'autre bout de la terre. Au milieu d'un groupe serré de matelots, le vaguemestre appelait à haute voix les noms des heureux qui avaient des lettres. Cela se passait le soir, dans la batterie, en se bousculant autour d'un fanal.

— « Moan, Sylvestre! » — Il y en avait une pour

lui, une qui était bien timbrée de Paimpol, — mais ce n'était pas l'écriture de Gaud. — Qu'est-ce que cela voulait dire? Et de qui venait-elle?

L'ayant tournée et retournée, il l'ouvrit craintivement.

« Ploubazlanec, ce 5 mars 1884.

« Mon cher petit-fils, »

. . . .

C'était bien de sa bonne vieille grand'mère; alors il respira mieux. Elle avait même apposé au bas sa grosse signature apprise par cœur, toute tremblée et écolière : « Veuve Moan ».

Veuve Moan. Il porta le papier à ses lèvres, d'un mouvement irréfléchi, et embrassa ce pauvre nom comme une sainte amulette. C'est que cette lettre arrivait à une heure suprême de sa vie : demain matin, dès le jour, il partait pour aller au feu.

On était au milieu d'avril; Bac-Ninh et Hong-Hoa venaient d'être pris. Aucune grande opération n'était prochaine dans ce Tonkin, — pourtant les renforts qui arrivaient ne suffisaient pas, — alors on prenait à bord des navires tout ce qu'ils pouvaient encore donner pour compléter les compagnies de marins déjà débarquées. Et Sylvestre, qui avait langui longtemps dans les croisières et les blocus, venait d'être désigné avec quelques autres pour combler des vides dans ces compagnies-là.

... Inquiet de Gaud, à cause de cette écriture étrangère, il cherchait à s'approcher d'un fanal pour pouvoir bien lire. Et c'était difficile au milieu de ces groupes d'hommes demi-nus, qui se pressaient là, pour lire aussi, dans la chaleur irrespirable de cette batterie.

Dès le début de sa lettre, comme il l'avait prévu, la grand'mère Yvonne expliquait pourquoi elle avait été obligée de recourir à la main peu experte d'une vieille voisine :

« Mon cher enfant, je ne te fais pas écrire cette fois par ta cousine, parce qu'elle est bien dans la peine. Son père a été pris de mort subite, il y a deux jours. Et il paraît que toute sa fortune a été mangée, à de mauvais jeux d'argent qu'il avait faits cet hiver dans Paris. On va donc vendre sa maison et ses meubles. C'est une chose à laquelle personne ne s'attendait dans le pays. Je pense, mon cher enfant, que cela va te faire comme à moi beaucoup de peine.

« Le fils Gaos te dit bien le bonjour; il a renouvelé engagement avec le capitaine Guermeur, toujours sur la *Marie*, et le départ pour l'Islande a eu lieu d'assez bonne heure cette année. Ils ont appareillé le 1er du courant, l'avant-veille du grand malheur arrivé à notre pauvre Gaud, et ils n'en ont pas eu connaissance encore.

« Mais tu dois bien penser, mon cher fils, qu'à présent c'est fini, nous ne les marierons pas; car ainsi elle va être obligée de travailler pour gagner son pain... »

... Il resta atterré; ces mauvaises nouvelles lui avaient gâté toute sa joie d'aller se battre...

VII

. . . .

... Dans l'air, une balle qui siffle!... Sylvestre s'arrête court, dressant l'oreille...

C'est sur une plaine infinie, d'un vert tendre et velouté de printemps. Le ciel est gris, pesant aux épaules.

Ils sont là six matelots armés, en reconnaissance u milieu des fraîches rizières, dans un sentier de oue...

... Encore!!... ce même bruit dans le silence de 'air! — Bruit aigre et ronflant, espèce de *dzinn* proongé, donnant bien l'impression de la petite chose néchante et dure qui passe là tout droit, très vite, et lont la rencontre peut être mortelle.

Pour la première fois de sa vie, Sylvestre écoute

cette musique-là... Et *dzinn* encore, et *dzinn!* Il en pleut maintenant, des balles. Tout près des marins, arrêtés net, elles s'enfoncent dans le sol inondé de la rizière, chacune avec un petit *flac* de grêle, sec et rapide, et un léger éclaboussement d'eau.

Eux se regardent, en souriant comme d'une farce drôlement jouée, et ils disent :

— Les Chinois! (Annamites, Tonkinois, Pavillons-Noirs, pour les matelots, tout cela c'est de la même famille chinoise.)

Deux ou trois balles sifflent encore, plus rasantes, celles-ci; on les voit ricocher, comme des sauterelles dans l'herbe. Cela n'a pas duré une minute, ce petit arrosage de plomb, et déjà cela cesse. Sur la grande plaine verte, le silence absolu revient, et nulle part on n'aperçoit rien qui bouge.

Ils sont tous les six encore debout, l'œil au guet, prenant le vent, ils cherchent d'où cela a pu venir.

De là-bas, sûrement, de ce bouquet de bambous, qui fait dans la plaine comme un îlot de plumes, et derrière lesquels apparaissent, à demi cachées, des toitures cornues. Alors ils y courent; dans la terre détrempée de la rizière, leurs pieds s'enfoncent ou glissent; Sylvestre, avec ses jambes plus longues et plus agiles, est celui qui court devant.

Rien ne siffle plus; on dirait qu'ils ont rêvé...

Mais, à mesure qu'ils s'approchent, ces bambous

montrent mieux la finesse exotique de leur feuillée, ces toits de village accentuent l'étrangeté de leur courbure, et des hommes jaunes, embusqués derrière, avancent, pour regarder, leurs figures plates contractées par la malice et la peur... Puis brusquement, ils sortent en jetant un cri, et se déploient en une longue ligne tremblante, mais décidée et dangereuse.

— Les Chinois! disent encore les matelots, avec leur même brave sourire.

Mais c'est égal, ils trouvent cette fois qu'il y en a beaucoup, qu'il y en a trop. Et l'un d'eux, en se retournant, en aperçoit d'autres, qui arrivent par derrière, émergeant d'entre les herbages...

. . . .

... Il fut très beau, dans cet instant, dans cette journée, le petit Sylvestre; sa vieille grand'mère eût été fière de le voir si guerrier!

Déjà transfiguré depuis quelques jours, bronzé, la voix changée, il était là comme dans un élément à lui. A une minute d'indécision suprême, les matelots, éraflés par les balles, avaient presque commencé ce mouvement de recul qui eût été leur mort à tous; mais Sylvestre avait continué d'avancer; ayant pris son fusil par le canon, il tenait tête à tout un groupe, fauchant de droite et de gauche, à grands coups de crosse qui assommaient. Et, grâce à lui, la partie avait changé de tournure : cette panique, cet affolement, ce je ne sais quoi qui décide aveuglément de tout, dans ces petites batailles non dirigées, était passé du côté des Chinois; c'étaient eux qui avaient commencé à reculer.

... C'était fini maintenant, ils fuyaient. Et les six matelots, ayant rechargé leurs armes à tir rapide, les abattaient à leur aise; il y avait des flaques rouges dans l'herbe, des corps effondrés, des crânes versant leur cervelle dans l'eau de la rizière.

Ils fuyaient tout courbés, rasant le sol, s'aplatissant comme des léopards. Et Sylvestre courait après, déjà blessé deux fois, un coup de lance à la cuisse, une entaille profonde dans le bras; mais ne sentant rien que l'ivresse de se battre, cette ivresse non raisonnée qui vient du sang vigoureux, celle qui donne aux simples le courage superbe, celle qui faisait les héros antiques.

Un, qu'il poursuivait, se retourna pour le mettre en joue, dans une inspiration de terreur désespérée. Sylvestre s'arrêta, souriant, méprisant, sublime, pour le laisser décharger son arme, puis se jeta un peu sur la gauche, voyant la direction du coup qui allait partir. Mais, dans le mouvement de détente, le canon de ce fusil dévia par hasard dans le même sens. Alors, lui, sentit une commotion à la poitrine, et, comprenant bien ce que c'était, par un éclair de pensée, même avant toute douleur, il détourna la tête vers les autres marins qui suivaient, pour essayer de leur dire, comme un vieux soldat, la phrase consacrée : « Je crois que j'ai mon compte! » Dans la grande aspiration qu'il fit, venant de courir, pour prendre, avec sa bouche, de l'air plein ses poumons, il en sentit entrer aussi, par un trou à son sein droit, avec un petit bruit horrible, comme dans un soufflet crevé. En même temps, sa bouche s'emplit de sang, tandis qu'il lui venait au côté une douleur aiguë, qui s'exaspérait vite, vite, jusqu'à être quelque chose d'atroce et d'indicible.

Il tourna sur lui-même deux ou trois fois, la tête perdue de vertige et cherchant à reprendre son souffle au milieu de tout ce liquide rouge dont la montée l'étouffait, — et puis, lourdement, dans la boue, il s'abattit.

. . . .

Un jour de la première quinzaine de juin, comme la vieille Yvonne rentrait chez elle, des voisines lui dirent qu'on était venu la demander de la part du commissaire de l'inscription maritime.

C'était quelque chose concernant son petit-fils, bien sûr; mais cela ne lui fit pas du tout peur. Dans les familles des *gens de mer*, on a souvent affaire à l'*Inscription*; elle donc, qui était fille, femme, mère et grand'mère de marins, connaissait ce bureau depuis tantôt soixante ans. Sachant ce qu'on doit à M. le commissaire, elle fit sa toilette, prit sa belle robe et une coiffe blanche, puis se mit en route sur les deux heures.

Trottinant assez vite et menu dans ces sentiers de falaise, elle s'acheminait vers Paimpol, un peu anxieuse tout de même, à la réflexion, à cause de ces deux mois sans lettres.

Le gai temps de juin souriait partout autour d'elle. Sur les hauteurs pierreuses, il n'y avait toujours que les ajoncs ras aux fleurs jaune d'or; mais, dès qu'on passait dans les bas-fonds abrités contre l'âpre vent de mer, on trouvait tout de suite la belle verdure neuve, les haies d'aubépine fleurie, l'herbe haute et sentant bon. Elle ne voyait guère tout cela, elle, si vieille, sur qui s'étaient accumulées les saisons fugitives, courtes à présent comme des jours...

Autour des hameaux croulants aux murs sombres, il y avait des rosiers, des œillets, des giroflées et, jusque sur les hautes toitures de chaume et de mousse, mille petites fleurs qui attiraient les premiers papillons blancs. En approchant de Paimpol, elle se sentait devenir plus inquiète, et pressait encore sa marche.

La voilà dans la ville grise, dans les petites rues de granit où tombait le soleil, donnant le bonjour à d'autres vieilles, ses contemporaines, assises à leur fenêtre. Intriguées de la voir, elles disaient :

— Où va-t-elle comme ça si vite, en robe du dimanche, un jour sur semaine?

M. le commissaire de l'inscription ne se trouvait pas chez lui. Un petit être très laid, d'une quinzaine d'années, qui était son commis, se tenait assis à son bureau. Étant trop mal venu pour faire un pêcheur, il avait reçu de l'instruction et passait ses jours sur cette même chaise, en fausses manches noires, grattant son papier. Avec un air d'importance, quand elle lui eut dit son nom, il se leva pour prendre, dans un casier, des pièces timbrées.

Il y en avait beaucoup,... qu'est-ce que cela voulait dire? Des certificats, des papiers portant des cachets, un livret de marin jauni par la mer, tout cela ayant comme une odeur de mort...

Il les étalait devant la pauvre vieille, qui commençait à trembler et à voir trouble. C'est qu'elle avait reconnu deux de ces lettres que Gaud écrivait pour elle à son petit-fils, et qui étaient revenues là, non décachetées... Et ça s'était passé ainsi vingt ans auparavant, pour la mort de son fils Pierre : les lettres étaient revenues de la Chine chez M. le commissaire, qui les lui avait remises...

Il lisait maintenant, d'une voix doctorale : « Moan, Jean-Marie-Sylvestre, inscrit à Paimpol, folio 213, numéro matricule 2091, décédé à bord du *Bien-Hoa* le 14... »

— Quoi?... Qu'est-ce qui lui est arrivé, mon bon Monsieur?...

— Décédé!... Il est décédé, reprit-il.

Mon Dieu, il n'était sans doute pas méchant, ce commis; s'il disait cela de cette manière brulale, c'était plutôt manque de jugement, inintelligence de petit être incomplet. Et, voyant qu'elle ne comprenait pas ce beau mot, il s'exprima en breton :

— *Marw éo!...*

— *Marw éo!...* (Il est mort!...)

Elle répéta après lui, avec son chevrotement de vieillesse, comme un pauvre écho fêlé redirait une phrase indifférente.

C'était bien ce qu'elle avait à moitié deviné, mais cela la faisait trembler seulement; à présent que c'était certain, ça n'avait plus l'air de la toucher. D'abord sa faculté de souffrir s'était vraiment un peu émoussée, à force d'âge, surtout depuis ce dernier hiver. La douleur ne venait plus tout de suite. Et puis quelque chose se chavirait pour le moment dans sa tête, et voilà qu'elle confondait cette mort avec d'autres : elle en avait tant perdu, de fils!... Il lui fallut un instant pour bien entendre que celui-ci était son dernier, si chéri, celui à qui se rapportaient toutes ses prières, toute sa vie, toute son attente, toutes ses pensées, déjà obscurcies par l'approche sombre de l'*enfance*...

Elle éprouvait une honte aussi à laisser paraître son désespoir devant ce petit monsieur qui lui faisait horreur : est-ce que c'était comme ça qu'on annonçait à une grand'mère la mort de son petit-fils!... Elle restait debout, devant ce bureau, raidie, torturant les franges de son châle brun avec ses pauvres vieilles mains gercées de laveuse.

Et comme elle se sentait loin de chez elle!... Mon Dieu, tout ce trajet qu'il faudrait faire, et faire décemment, avant d'atteindre le gîte de chaume où elle avait hâte de s'enfermer — comme les bêtes blessées qui se cachent au terrier pour mourir. C'est pour cela aussi qu'elle s'efforçait de ne pas trop penser, de ne pas encore trop bien comprendre, épouvantée surtout d'une route si longue.

On lui remit un mandat pour aller toucher, comme héritière, les trente francs qui lui revenaient de la vente du sac de Sylvestre; puis les lettres, les certificats et la boîte contenant la médaille militaire. Gauchement elle prit tout cela, avec ses doigts qui restaient ouverts, le promena d'une main dans l'autre, ne trouvant plus ses poches pour le mettre.

Au troisième kilomètre, elle allait toute courbée en avant, épuisée; de temps à autre, son sabot heurtait quelque pierre qui lui donnait dans la tête un grand choc douloureux. Et elle se dépêchait de se terrer chez elle, de peur de tomber et d'être rapportée...

— La vieille Yvonne qui est soûle!

Elle était tombée, et les gamins lui couraient après.

C'était justement en entrant dans la commune de Ploubazlanec, où il y a beaucoup de maisons le long de la route. Tout de même elle avait eu la force de se relever et, clopin-clopant, se sauvait avec son bâton.

— La vieille Yvonne qui est soûle!

Et des petits effrontés venaient la regarder sous le nez en riant. Sa coiffe était tout de travers.

Il y en avait, de ces petits, qui n'étaient pas bien méchants dans le fond, — et quand ils l'avaient vue de plus près, devant cette grimace de désespoir sénile, s'en retournaient tout attristés et saisis, n'osant plus rien dire.

Chez elle, la porte fermée, elle poussa son cri de détresse qui l'étouffait, et se laissa tomber dans un coin, la tête au mur. Sa coiffe lui était descendue sur les yeux; elle la jeta par terre, — sa pauvre belle coiffe, autrefois si ménagée. Sa dernière robe des dimanches était toute salie, et une mince queue de cheveux, d'un blanc jaune, sortait de son serre-tête, complétant un désordre de pauvresse...

Gaud, qui venait pour s'informer, la trouva le soir ainsi, toute décoiffée, laissant pendre les bras, la tête contre la pierre, avec une grimace et un *hi hi hi!* plaintif de petit enfant; elle ne pouvait presque pas pleurer : les trop vielles grand'mères n'ont plus de larmes dans leurs yeux taris.

— Mon petit-fils qui est mort!

Et elle lui jeta sur les genoux les lettres, les papiers, la médaille.

Gaud parcourut d'un coup d'œil, vit que c'était bien vrai, et se mit à genoux pour prier.

Elles restèrent là ensemble, presque muettes, les deux femmes, tant que dura ce crépuscule de juin — qui est très long en Bretagne et qui là-bas, en Islande, ne finit plus. Dans la cheminée, le grillon qui porte bonheur leur faisait tout de même sa grêle musique. Et la lueur jaune du soir entrait par la lucarne, dans cette chaumière des Moan que la mer avait tous pris, qui étaient maintenant une famille éteinte...

A la fin, Gaud disait :

— Je viendrai, moi, ma bonne grand'mère, demeurer avec vous; j'apporterai mon lit qu'on m'a laissé, je vous garderai, je vous soignerai, vous ne serez pas toute seule...

Elle pleurait son petit ami Sylvestre, mais, dans son chagrin, elle se sentait distraite involontairement par la pensée d'un autre : — celui qui était reparti pour la grande pêche.

Ce Yann, on allait lui faire savoir que Sylvestre était mort; justement les *chasseurs* devaient bientôt partir. Le pleurerait-il seulement?... Peut-être que oui, car il l'aimait bien... Et au milieu de ses propres larmes, elle se préoccupait de cela beaucoup, tantôt s'indignant contre ce garçon dur, tantôt s'attendrissant à son souvenir, à cause de cette douleur qu'il allait avoir, lui aussi, et qui était comme un rapprochement entre eux deux; — en somme, le cœur tout rempli de lui...

VIII

...Un soir pâle d'août, la lettre qui annonçait à Yann la mort de son frère finit par arriver à bord de la *Marie* sur la mer d'Islande; — c'était après une journée de dure manœuvre et de fatigue excessive, au moment où il allait descendre pour souper et dormir. Les yeux alourdis de sommeil, il lut cela en bas, dans le réduit sombre, à la lueur jaune de la petite lampe; et, dans le premier moment, lui aussi resta insensible, étourdi, comme quelqu'un qui ne comprendrait pas bien. Très renfermé, par fierté, pour tout ce qui concernait son cœur, il cacha la lettre dans son tricot bleu, contre sa poitrine, comme les matelots font, sans rien dire.

Seulement il ne se sentait plus le courage de s'asseoir avec les autres pour manger la soupe; alors, dédaignant même de leur expliquer pourquoi, il se jeta sur sa couchette et, du même coup, s'endormit.

Bientôt il rêva de Sylvestre mort, de son enterrement qui passait...

Aux approches de minuit, — étant dans cet état d'esprit particulier aux marins qui ont conscience de l'heure dans le sommeil et qui sentent le moment où on les fera lever pour le quart, — il voyait cet enterrement encore. Et il se disait :

— Je rêve; heureusement ils vont me réveiller mieux et ça s'évanouira.

Mais quand une rude main fut posée sur lui, et qu'une voix se mit à dire : « Gaos! — allons, debout, la *relève!* » il entendit sur sa poitrine un léger froissement de papier — petite musique sinistre affirmant la réalité de la mort. Ah! oui, la lettre!... c'était vrai, donc! — et déjà ce fut une impression plus poignante, plus cruelle, et, se dressant vite, dans son réveil subit, il heurta contre les poutres sont front large.

Puis il s'habilla et ouvrit l'écoutille pour aller là-haut prendre son poste de pêche...

Quand Yann fut monté, il sentit venir une tristesse profonde, angoissée, pleine d'inconnu et de mystère, qui lui glaçait l'âme; beaucoup mieux que tout à l'heure, il comprenait maintenant que son pauvre petit frère ne reparaîtrait jamais, jamais plus; le chagrin, qui avait été long à percer l'enveloppe robuste et dure de son cœur, y entrait à présent jusqu'à pleins bords. Il revoyait la figure douce de Sylvestre, ses bons yeux d'enfant ; à l'idée de l'embrasser, quelque chose comme un voile tombait tout à coup entre ses paupières, malgré lui, — et d'abord il ne s'expliquait pas bien ce que c'était, n'ayant jamais pleuré dans sa vie d'homme. — Mais les larmes commençaient à couler lourdes, rapides, sur ses joues ; et puis des sanglots vinrent soulever sa poitrine profonde.

Il continuait de pêcher très vite, sans perdre son temps ni rien dire, et les deux autres, qui l'écoutaient dans ce silence, se gardaient d'avoir l'air d'entendre, de peur de l'irriter, le sachant si renfermé et si fier.

Avec son dédain des autres, il pleura sans aucune contrainte ni honte, comme s'il eût été seul.

Ces larmes de son frère sauvage, et cette plus grande mélancolie du dehors, c'était l'appareil de deuil déployé pour le pauvre petit héros obscur sur ces mers d'Islande où il avait passé la moitié de sa vie...

Quand le plein jour vint, Yann essuya brusquement ses yeux avec la manche de son tricot de laine et ne pleura plus. Ce fut fini. Il semblait complètement repris par le travail de la pêche, par le train monotone des choses réelles et présentes, comme ne pensant plus à rien.

Du reste, les lignes donnaient beaucoup et les bras avaient peine à suffire.

Autour des pêcheurs, dans les fonds immenses, c'était un nouveau changement à vue. Le grand déploiement d'infini, le grand spectacle du matin était terminé, et maintenant les lointains paraissaient au contraire se rétrécir, se refermer sur eux. Comment donc avait-on cru voir tout à l'heure la mer si démesurée? L'horizon était à présent tout près. et il semblait même qu'on manquât d'espace.

C'était la première brume d'août qui se levait. En quelques minutes, le suaire fut uniformément dense, impénétrable; autour de la *Marie*, on ne distinguait plus rien qu'une pâleur humide où se diffusait la lumière et où la mâture du navire semblait même se perdre.

— De ce coup, la voilà arrivée, la sale brume, dirent les hommes.

Ils restèrent, cette fois, dix jours d'affilée pris dans la brume épaisse, sans rien voir. La pêche continuait d'être bonne et, avec tant d'activité, on ne s'ennuyait pas. De temps en temps, à intervalles réguliers, l'un d'eux soufflait dans une trompe de corne d'où sortait un bruit pareil au beuglement d'une bête sauvage.

Quelquefois, du dehors, du fond des brumes blanches, un autre beuglement lointain répondait à leur appel. Alors on veillait davantage. Si le cri se rapprochait, toutes les oreilles se tendaient vers ce voisin inconnu, qu'on n'apercevrait sans doute jamais et dont la présence était pourtant un danger. On faisait des conjectures sur lui; il devenait une occupation, une société et, par envie de le voir, les yeux s'efforçaient à percer les impalpables mousselines blanches qui restaient tendues partout dans l'air.

Un matin, vers trois heures, tandis qu'ils rêvaient tranquillement sous leur suaire de brume, ils entendirent comme des bruits de voix dont le timbre leur sembla étrange et non connu d'eux. Ils se regardèrent les uns les autres, ceux qui étaient sur le pont, s'interrogeant d'un coup d'œil :

— Qui est-ce qui a parlé?

Non, personne; personne n'avait rien dit.

Et, en effet, cela avait bien eu l'air de sortir du vide extérieur.

Alors, celui qui était chargé de la trompe, et qui l'avait négligée depuis la veille, se précipita dessus, en se gonflant de tout son souffle pour pousser le long beuglement d'alarme.

Cela seul faisait déjà frissonner, dans ce silence. Et puis, comme si, au contraire, une apparition eût été évoquée par ce son vibrant de cornemuse, une grande chose imprévue s'était dessinée en grisaille, s'était dressée menaçante, très haut tout près d'eux : des mâts, des vergues, des cordages, un dessin de navire qui s'était fait en l'air, partout à la fois et d'un même coup, comme ces fantasmagories pour effrayer qui, d'un seul jet de lumière, sont créées sur des voiles tendus. Et d'autres hommes apparaissaient là, à les toucher, penchés sur le rebord, les regardant avec des yeux très ouverts, dans un réveil de surprise et d'épouvante...

Ils se jetèrent sur des avirons, des mâts de rechange, des gaffes et les pointèrent en dehors pour tenir à distance cette chose et ces visiteurs qui leur arrivaient. Et les autres aussi, effarés, allongeaient vers eux d'énormes bâtons pour les repousser.

Mais il n'y eut qu'un craquement très léger dans les vergues, au-dessus de leurs têtes, et les mâtures, un instant accrochées, se dégagèrent aussitôt sans aucune avarie; le choc, très doux par ce calme, était tout à fait amorti; il avait été si faible même, que vraiment il semblait que cet autre navire n'eût pas de masse et qu'il fût une chose molle, presque sans poids...

Alors, le saisissement passé, des hommes se mirent à rire; ils se reconnaissaient entre eux :

— Ohé! de la *Marie.*

— Eh! Gaos, Laumec, Guermeur!

L'apparition était la *Reine-Berthe*, capitaine Larvoër, aussi de Paimpol; ces matelots étaient des villages d'alentour; ce grand-là, tout en barbe noire, montrant ses dents dans son rire, c'était Kerjégou, un de Ploudaniel; et les autres venaient de Plounès ou de Plounérin.

— Aussi, pourquoi ne sonniez-vous pas de votre trompe, bande de sauvages? demandait Larvoër de la *Reine-Berthe.*

— Eh bien, et vous donc! bande de pirates et d'écumeurs, *mauvaise poison* de la mer?...

— Oh! nous... c'est différent; *ça nous est défendu de faire du bruit.* (Il avait répondu cela avec un air de sous-entendre quelque mystère noir; avec un sourire drôle, qui, par la suite, revint souvent en tête à ceux de la *Marie* et leur donna à penser beaucoup.)

Et puis, comme s'il en eût dit trop long, il finit par cette plaisanterie :

— Notre corne à nous, c'est celui-là, en soufflant dedans, qui nous l'a crevée.

Et il montrait un matelot à figure de triton, qui était tout en cou et tout en poitrine, trop large, bas sur jambes, avec je ne sais quoi de grotesque et d'inquiétant dans sa puissance difforme.

Ils se voyaient comme à travers des gazes blanches, et il semblait que cela changeât aussi le son des voix qui avait quelque chose d'étouffé et de lointain.

Cependant Yann ne pouvait détacher ses yeux d'un de ces pêcheurs, un petit homme déjà vieillot qu'il était sûr de n'avoir jamais vu nulle part et qui pourtant lui avait dit tout de suite : « Bonjour, mon grand Yann! » avec un air d'intime connaissance; il avait la laideur irritante des singes, avec leur clignotement de malice dans ses yeux perçants.

— Moi, disait encore Larvoër, de la *Reine-Berthe*, on m'a marqué la mort du petit-fils de la vieille Yvonne Moan, de Ploubazlanec, qui faisait son service à l'État, comme vous savez, sur l'escadre de Chine; un bien grand dommage!

Entendant cela, les autres de la *Marie* se tournèrent vers Yann pour savoir s'il avait déjà connaissance de ce malheur.

— Oui, dit-il d'une voix basse, l'air indifférent et hautain, c'était sur la dernière lettre que mon père m'a envoyée.

Ils le regardaient tous, dans la curiosité qu'ils avaient de son chagrin, et cela l'irritait.

Leurs propos se croisaient à la hâte, au travers du brouillard pâle, pendant que fuyaient les minutes de leur bizarre entrevue.

— Ma femme me marque en même temps, continuait Larvoër, que la fille de M. Mével a quitté la ville pour demeurer à Ploubazlanec et soigner la vieille Moan, sa grand'tante; elle s'est mise à travailler à présent, en journée chez le monde, pour gagner sa vie. D'ailleurs, j'avais toujours eu dans l'idée, moi, que c'était une brave fille, et une courageuse, malgré ses airs de demoiselle et ses falbalas.

Alors, de nouveau, on regarda Yann, ce qui acheva

de lui déplaire, et une couleur rouge lui monta aux joues sous son hâle doré.

Par cette appréciation sur Gaud fut clos l'entretien avec ces gens de la *Reine-Berthe* qu'aucun être vivant ne devait plus jamais revoir. Depuis un instant, leurs figures semblaient déjà plus effacées, car leur navire était moins près, et, tout à coup, ceux de la *Marie* ne trouvèrent plus rien à pousser, plus rien au bout de leurs longs morceaux de bois; tous leurs « espars », avirons, mâts ou vergues, s'agitèrent en cherchant dans le vide, puis retombèrent les uns après les autres lourdement dans la mer, comme de grands bras morts On rentra donc ces défenses inutiles : la *Reine-Berthe*, replongée dans la brume profonde, avait disparu brusquement tout d'une pièce, comme s'efface l'image d'un transparent derrière lequel la lampe a été soufflée. Ils essayèrent de la héler, mais rien ne répondit à leurs cris, — qu'une espèce de clameur moqueuse à plusieurs voix, terminée en un gémissement qui les fit se regarder avec surprise...

Cette *Reine-Berthe* ne revint point avec les autres Islandais et, comme ceux du *Samuel-Azénide* avaient rencontré dans un fiord une épave non douteuse (son couronnement d'arrière avec un morceau de sa quille), on ne l'attendit plus; dès le mois d'octobre, les noms de tous ses marins furent inscrits dans l'église sur des plaques noires.

Or, depuis cette dernière apparition dont les gens de la *Marie* avaient bien retenu la date, jusqu'à l'époque du retour, il n'y avait eu aucun mauvais temps dangereux sur la mer d'Islande, tandis que, au contraire, trois semaines auparavant, une bourrasque d'ouest avait emporté plusieurs marins et englouti deux navires. On se rappela alors le sourire de Larvoër et, en rapprochant toutes ces choses, on fit beaucoup de conjectures; Yann revit plus d'une fois, la nuit, le marin au clignotement de singe, et quelques-uns de la *Marie* se demandèrent craintivement si, ce matin-là, ils n'avaient point causé avec des trépassés.

IX

L'été s'avança et, à la fin d'août, en même temps que les premiers brouillards du matin, on vit les Islandais revenir.

Depuis trois mois déjà, les deux abandonnées habitaient ensemble, à Ploubazlanec, la chaumière des Moan; Gaud avait pris place de fille dans ce pauvre nid de marins morts. Elle avait envoyé là tout ce qu'on lui avait laissé après la vente de la maison de son père; son beau lit *à la mode des villes* et ses belles jupes de différentes couleurs. Elle avait fait elle-même sa nouvelle robe noire d'une façon simple et portait, comme la vieille Yvonne, une coiffe de deuil en mousseline épaisse ornée seulement de plis.

Tous les jours, elle travaillait à des ouvrages de couture chez des gens riches de la ville et rentrait, à la nuit, sans être distraite en chemin par aucun amoureux, restée un peu hautaine, et encore entourée d'un respect de demoiselle ; en lui disant bonsoir, les garçons mettaient, comme autrefois, la main à leur chapeau.

Par les beaux crépuscules d'été, elle s'en revenait de Paimpol, tout le long de cette route de falaise, aspirant le grand air marin qui repose. Les travaux d'aiguille n'avaient pas eu le temps de la déformer — comme d'autres, qui vivent toujours penchées de côté sur leur ouvrage — et, en regardant la mer, elle redressait la belle taille souple qu'elle tenait de race ; en regardant la mer, en regardant le large, tout au fond duquel était Yann...

Cette même route menait chez lui. En continuant un peu, vers certaine région plus pierreuse et plus balayée par le vent, on serait arrivé à ce hameau de Pors-Even où les arbres, couverts de mousses grises, croissent tout petits entre les pierres et se couchent dans le sens des rafales d'ouest. Elle n'y retournerait sans doute jamais, dans ce Pors-Even, bien qu'il fût à moins d'une lieue ; mais, une fois dans sa vie, elle y était allée et cela avait suffi pour laisser un charme sur tout ce chemin; Yann, d'ailleurs, devait souvent y passer et, de sa porte, elle pourrait le suivre allant ou venant sur la lande rase, entre les ajoncs courts. Donc elle aimait toute cette région de Ploubazlanec; elle était presque heureuse que le sort l'eût rejetée là; en aucun autre lieu du pays elle n'eût pu se faire à vivre.

Aux heures où Gaud s'en revenait, les choses se fondaient déjà ensemble pour la nuit, commençaient à se réunir et à former des silhouettes. Çà et là, un bouquet d'ajoncs se dressait sur une hauteur entre deux pierres, comme un panache ébouriffé; un groupe d'arbres tordus formait un amas sombre dans un creux, ou bien, ailleurs, quelque hameau à toit de paille dessinait au-dessus de la lande une petite découpure bossue. Aux carrefours, les vieux christs qui gardaient la campagne étendaient leurs bras noirs sur les calvaires, comme de vrais hommes suppliciés, et, dans le lointain, la Manche se détachait en clair, en grand miroir jaune sur un ciel qui était déjà obscurci par le bas, déjà ténébreux vers l'horizon. Et dans ce pays, même ce calme, même ces beaux temps, étaient mélancoliques; il restait, malgré tout, une inquiétude planant sur les choses; une anxiété venue de la mer à qui tant d'existences étaient confiées et dont l'éternelle menace n'était qu'endormie.

Gaud, qui songeait en chemin, ne trouvait jamais assez longue sa course de retour au grand air. On sentait l'odeur salée des grèves, et l'odeur douce de certaines petites fleurs qui croissent sur les falaises entre les épines maigres. Sans la grand'mère Yvonne qui l'attendait au logis, volontiers elle se serait attardée dans ces sentiers d'ajoncs, à la manière de ces belles demoiselles qui aiment à rêver, les soirs d'été, dans les parcs.

En traversant ce pays, il lui revenait bien aussi quelques souvenirs de sa petite enfance; mais comme ils étaient effacés à présent, reculés, amoindris par son amour! Malgré tout, elle voulait considérer ce Yann comme une sorte de fiancé, — un fiancé fuyant, dédaigneux, sauvage, qu'elle n'aurait jamais, mais à qui elle s'obstinerait à rester fidèle en esprit, sans plus confier cela à personne. Pour le moment, elle aimait à le savoir en Islande; là, au moins, la mer le lui gardait dans ses cloîtres profonds et il ne pouvait se donner à aucune autre...

Il est vrai qu'un de ces jours il allait revenir, mais elle envisageait aussi ce retour avec plus de calme qu'autrefois. Par instinct, elle comprenait que sa pauvreté ne serait pas un motif pour être plus dédaignée, — car il n'était pas un garçon comme les autres. — Et puis cette mort du pauvre petit Sylvestre était une chose qui les rapprochait décidément. A son arrivée, il ne pourrait manquer de venir sous leur toit pour voir la grand'mère de son ami; et elle avait décidé qu'elle serait là pour cette visite, il ne lui semblait pas que ce fût manquer de dignité; sans paraître se souvenir de rien, elle lui parlerait comme à quelqu'un qu'on connaît depuis longtemps; elle lui parlerait même avec affection comme à un frère de Sylvestre, en tâchant d'avoir l'air naturel. Et qui sait? il ne serait peut-être pas impossible de prendre auprès de lui une place de sœur, à présent qu'elle allait être si seule au monde; de se reposer sur son amitié; de la lui demander comme un soutien, en s'expliquant assez pour qu'il ne crût plus à aucune arrière-pensée de mariage. Elle le jugeait sauvage seulement, entêté dans ses idées d'indépendance, mais doux, franc, et capable de bien comprendre les choses bonnes qui viennent tout droit du cœur.

Qu'allait-il éprouver, en la retrouvant là, pauvre, dans cette chaumière presque en ruine?... Bien pauvre, oh! oui, car la grand'mère Moan, n'étant plus assez forte pour aller en journée aux lessives, n'avait plus rien que sa pension de veuve; il est vrai, elle mangeait bien peu maintenant, et toutes deux pouvaient encore s'arranger pour vivre sans demander rien à personne...

La nuit était toujours tombée quand elle arrivait au logis; en entrant, on voyait d'abord en face de soi la lucarne, percée comme dans l'épaisseur d'un rempart, et donnant sur la mer d'où venait une dernière clarté jaune pâle. Dans la grande cheminée flambaient des brindilles odorantes de pin et de hêtre, que la vieille Yvonne ramassait dans ses promenades le long des chemins ; elle-même était là assise, surveillant leur petit souper ; dans son intérieur, elle portait un serre-tête seulement, pour ménager ses coiffes. Elle levait vers Gaud ses yeux jadis bruns, qui avaient pris une couleur passée, tournée au bleuâtre, et qui ne regardaient plus, qui étaient troubles, incertains, égarés de vieillesse. Elle disait toutes les fois la même chose :

— Ah ! mon Dieu, ma bonne fille, comme tu rentres tard ce soir...

— Mais non, grand'mère, répondait doucement Gaud qui y était habituée. Il est la même heure que les autres jours.

— Ah !... me semblait à moi, ma fille, me semblait qu'il était plus tard que de coutume.

Elles soupaient sur une table devenue presque informe à force d'être usée, mais encore épaisse comme le tronc d'un gros chêne. Et le grillon ne manquait jamais de leur recommencer sa petite musique à son d'argent.

Un des côtés de la chaumière était occupé par des boiseries grossièrement sculptées et aujourd'hui toutes vermoulues ; en s'ouvrant, elles donnaient accès dans des étagères où plusieurs générations de pêcheurs avaient dormi, et où les mères vieillies étaient mortes.

Il y avait une photographie de Sylvestre en matelot, dans un cadre, accrochée au granit du mur. Sa grand'mère y avait attaché sa médaille militaire, avec une de ces paires d'ancres en drap rouge que les marins portent sur la manche droite, et qui venait de lui; Gaud lui avait aussi acheté, à Paimpol, une de ces couronnes funéraires en perles noires et blanches dont on entoure, en Bretagne, les portraits des défunts. C'était là son petit mausolée, tout ce qu'il y avait pour consacrer sa mémoire, dans son pays breton...

Les soirs d'été, elles ne veillaient pas, par économie de lumière; quand le temps était beau, elles s'asseyaient un moment sur un banc de pierre devant la porte, et regardaient le monde qui passait dans le chemin un peu au-dessus de leur tête.

Ensuite la vieille Yvonne se couchait dans son étagère d'armoire, — et Gaud, dans son lit de demoiselle; là, elle s'endormait assez vite, ayant beaucoup travaillé, beaucoup marché, et songeant au retour des Islandais en fille sage, résolue, sans un trouble trop grand...

Mais un jour, à Paimpol, entendant dire que la *Marie* venait d'arriver, elle se sentit prise d'une espèce de fièvre. Tout son calme d'attente l'avait abandonnée; ayant brusqué la fin de son ouvrage, sans savoir pourquoi, elle se mit en route plus tôt que de coutume, —

et, dans le chemin, comme elle se hâtait, elle le reconnut de loin qui venait à l'encontre d'elle.

Ses jambes tremblaient et elle les sentait fléchir. Il était déjà tout près, se dessinant à vingt pas à peine, avec sa taille superbe, ses cheveux bouclés sous son bonnet de pêcheur. Elle se trouvait prise si au dépourvu par cette rencontre, que vraiment elle avait peur de chanceler, et qu'il ne s'en aperçût; elle en serait morte de honte à présent... Du reste, lui aussi avait fait un mouvement de recul, comme pour essayer de changer de route. Mais c'était trop tard : ils se croisèrent dans l'étroit chemin.

Lui, pour ne pas la frôler, se rangea contre le talus, d'un bond de côté comme un cheval ombrageux qui se dérobe, en la regardant d'une manière furtive et sauvage.

Elle aussi, pendant une demi-seconde, avait levé les yeux, lui jetant malgré elle-même une prière et une angoisse. Et, dans ce croisement involontaire de leurs regards, plus rapide qu'un coup de feu, ses prunelles gris de lin avaient paru s'élargir, s'éclairer de quelque grande flamme de pensée, lancer une vraie lueur bleuâtre, tandis que sa figure était devenue toute rose jusqu'aux tempes, jusque sous les tresses blondes.

Il avait dit en touchant son bonnet :

— Bonjour, mademoiselle Gaud !

— Bonjour, monsieur Yann, répondit-elle.

Et ce fut tout; il était passé. Elle continua sa route, encore tremblante, mais sentant peu à peu, à mesure qu'il s'éloignait, le sang reprendre son cours et la force revenir...

Au logis, elle trouva la vieille Moan assise dans un coin, la tête entre ses mains, qui pleurait, qui faisait son *hi ki hi!* de petit enfant, toute dépeignée, sa queue de cheveux tombée de son serre-tête comme un maigre écheveau de chanvre gris :

— Ah! ma bonne Gaud — c'est le fils Gaos que j'ai rencontré du côté de Plouherzel, comme je m'en retournais de ramasser mon bois; — alors nous avons parlé de mon pauvre petit, tu penses bien. Ils sont arrivés ce matin de l'Islande et, dès ce midi, il était venu pour me faire une visite pendant que j'étais dehors. Pauvre garçon, il avait les larmes aux yeux lui aussi... Jusqu'à ma porte, qu'il a voulu me raccompagner, ma bonne Gaud, pour me porter mon petit fagot...

Elle écoutait cela, debout, et son cœur se serrait : ainsi, cette visite de Yann, sur laquelle elle avait tant compté pour lui dire tant de choses, était déjà faite, et ne se renouvellerait sans doute plus; c'était fini...

Alors la chaumière lui sembla plus désolée, la misère plus dure, le monde plus vide, — et elle baissa la tête avec une envie de mourir.

Pendant l'hiver Yann ne reparut plus et les deux femmes vivaient bien abandonnées. Quoique la vieille Yvonne fût devenue difficile à soigner, Gaud ne cessait de la respecter ni de la chérir. Ces veillées d'hiver, surtout quand les branchages manquaient pour faire du feu, étaient tristes pour la jeune fille. Travailler ayant froid, travailler pour gagner sa vie, coudre menu, achever avant de dormir les ouvrages rapportés chaque soir de Paimpol, c'était une épreuve sur laquelle Gaud n'avait pas compté.

Un jour de janvier, Gaud vint à Paimpol travailler chez madame Tressoleur, la propriétaire d'un cabaret fameux parmi les Islandais. Là, dans une chambre derrière la salle des buveurs, elle entendit raconter que la « Marie » allait être vendue et démolie, que tous ses marins s'étaient déjà engagés sur un bâtiment tout neuf, la « Léopoldine ». Le grand Yann appartenait par suite au nouvel équipage.

X

Des semaines sombres avaient passé encore, et on était déjà aux premiers jours de février, par un assez beau temps doux.

Yann sortait de chez l'armateur, venant de toucher

sa part de pêche du dernier été, 1500 francs, qu'il emportait pour les remettre à sa mère, suivant la coutume de famille. L'année avait été bonne, et il s'en retournait content.

Près de Ploubazlanec, il vit un rassemblement au bord de la route : une vieille, qui gesticulait avec son bâton, et autour d'elle des gamins ameutés qui riaient... La grand'mère Moan!... La bonne grand'-mère que Sylvestre adorait, devenue maintenant une de ces vieilles pauvresses imbéciles qui font des attroupements sur les chemins!... Cela lui causa une peine affreuse.

Ces gamins de Ploubazlanec lui avaient tué son chat, et elle les menaçait de son bâton, très en colère et en désespoir :

— Ah! s'il avait été ici, lui, mon pauvre garçon, vous n'auriez pas osé, bien sûr, mes vilains drôles!...

Elle était tombée, paraît-il, en courant après eux pour les battre; sa coiffe était de côté, sa robe pleine de boue, et ils disaient encore qu'elle était grise (comme cela arrive bien en Bretagne à quelques pauvres vieux qui ont eu des malheurs).

Yann savait, lui, que ce n'était pas vrai, et qu'elle était une vieille respectable ne buvant jamais que de l'eau.

— Vous n'avez pas honte? dit-il aux gamins, très

en colère lui aussi, avec sa voix et son ton qui imposaient.

Et, en un clin d'œil, tous les petits se sauvèrent, penauds et confus, devant le grand Gaos.

Gaud, qui justement revenait de Paimpol, rapportant de l'ouvrage pour la veillée, avait aperçu cela de loin, reconnu sa grand'mère dans ce groupe. Effrayée, elle arriva en courant pour savoir ce que c'était, ce qu'elle avait eu, ce qu'on avait pu lui faire, — et comprit, voyant leur chat qu'on avait tué.

Elle leva ses yeux francs vers Yann, qui ne détourna pas les siens; ils ne songeaient plus à se fuir cette fois; devenus seulement très roses tous deux, lui aussi vite qu'elle, d'une même montée de sang à leurs joues, ils se regardaient, avec un peu d'effarement de se trouver si près; mais sans haine, presque avec douceur, réunis qu'ils étaient dans une commune pensée de pitié et de protection.

Il y avait longtemps que les enfants de l'école lui en voulaient, à ce pauvre matou défunt, parce qu'il avait la figure noire, un air de diable; mais c'était un très bon chat, et, quand on le regardait de près, on lui trouvait au contraire la mine tranquille et câline. Ils l'avaient tué avec des cailloux et son œil pendait. La pauvre vieille, en marmottant toujours des menaces, s'en allait, tout émue, toute branlante, emportant par la queue, comme un lapin, ce chat mort.

— Ah! mon pauvre garçon, mon pauvre garçon... s'il était encore de ce monde, on n'aurait pas osé me faire ça, non, bien sûr!...

Il lui était sorti des espèces de larmes qui coulaient dans ses rides; et ses mains, à grosses veines bleues, tremblaient.

Gaud l'avait recoiffée au milieu, tâchait de la consoler avec des paroles douces de petite-fille. Et Yann s'indignait : si c'était possible, que des enfants fussent si méchants! Faire une chose pareille à une pauvre vieille femme! Les larmes lui en venaient presque, à lui aussi. — Non point pour ce matou, il va sans dire : les jeunes hommes, rudes comme lui, s'ils aiment bien à jouer avec les bêtes, n'ont guère de sensiblerie pour elles; mais son cœur se fendait à marcher là derrière cette grand'mère en enfance, emportant son pauvre chat par la queue. Il pensait à Sylvestre, qui l'avait tant aimée; au chagrin horrible qu'il aurait eu, si on lui avait prédit qu'elle finirait ainsi, en dérision et en misère. Et Gaud s'excusait, comme étant chargée de sa tenue :

— C'est qu'elle sera tombée, pour être si sale, disait-elle tout bas; sa robe n'est plus bien neuve, c'est vrai, car nous ne sommes pas riches, monsieur Yann; mais je l'avais encore raccommodée hier, et ce matin quand je suis partie, je suis sûre qu'elle était propre et en ordre.

Il la regarda alors longuement, beaucoup plus touché peut-être par cette petite explication toute simple qu'il ne l'eût été par d'habiles phrases, des reproches ou des pleurs. Ils continuaient de marcher l'un près de l'autre, se rapprochant de la chaumière des Moan. — Pour jolie, elle l'avait toujours été comme personne, il le savait fort bien, mais il lui parut qu'elle l'était encore davantage depuis sa pauvreté et son deuil. Son air était devenu plus sérieux, ses yeux gris de lin avaient l'expression plus réservée et semblaient malgré cela vous pénétrer plus avant, jusqu'au fond de l'âme. Sa taille aussi avait achevé de se former. Vingt-trois ans bientôt; elle était dans tout son épanouissement de beauté. Décidément il les accompagnait, jusque chez elles sans doute.

Ils s'en allaient tous trois, comme pour l'enterrement de ce chat, et cela devenait presque un peu drôle, maintenant, de les voir ainsi passer en cortège; il y avait sur les portes des bonnes gens qui souriaient. La vieille Yvonne au milieu, portant la bête; Gaud à sa droite, troublée et toujours très rose; le grand Yann à sa gauche, tête haute et pensif.

Cependant la pauvre vieille s'était presque subitement apaisée en route; d'elle-même, elle s'était recoiffée et, sans plus rien dire, elle commençait à les observer alternativement l'un et l'autre, du coin de son œil qui était redevenu clair.

Gaud ne parlait pas non plus de peur de donner à Yann une occasion de prendre congé; elle eût voulu rester sur ce bon regard doux qu'elle avait reçu de lui, marcher les yeux fermés pour ne plus voir rien autre chose, marcher ainsi longtemps à ses côtés dans un rêve qu'elle faisait, au lieu d'arriver si vite à leur logis vide et sombre où tout allait s'évanouir.

A la porte, il y eut une de ces minutes d'indécision pendant lesquelles il semble que le cœur cesse de battre. La grand'mère entra sans se retourner; puis Gaud, hésitante, et Yann, par derrière, entra aussi...

Il était chez elles, pour la première fois de sa vie; sans but, probablement; qu'est-ce qu'il pouvait vouloir?... En passant le seuil, il avait touché son chapeau, et puis, ses yeux ayant rencontré d'abord le portrait de Sylvestre dans sa petite couronne mortuaire en perles noires, il s'en était approché lentement comme d'une tombe.

Gaud était restée debout, appuyée des mains à leur table. Il regardait maintenant tout autour de lui, et elle le suivait dans cette sorte de revue silencieuse qu'il passait de leur pauvreté. Bien pauvre, en effet, malgré son air rangé et honnête, le logis de ces deux abandonnées qui s'étaient réunies. Peut-être, au moins, éprouverait-il pour elle un peu de bonne pitié, en la voyant redescendue à cette même misère, à ce granit fruste et à ce chaume. Il n'y avait plus de la richesse passée, que le lit blanc, le beau lit de demoiselle...

. . . .

Il ne disait rien... Pourquoi ne s'en allait-il pas?... La vieille grand'mère, qui était encore si fine à ses moments lucides, faisait semblant de ne pas prendre garde à lui. Donc ils restaient debout l'un devant l'autre, muets et anxieux, finissant par se regarder comme pour quelque interrogation suprême.

Mais les instants passaient et, à chaque seconde écoulée, le silence semblait entre eux se figer davantage. Et ils se regardaient toujours plus profondément, comme dans l'attente solennelle de quelque chose d'inouï qui tardait à venir.

. . . .

— Gaud, demanda-t-il à demi-voix grave, si vous voulez toujours...

Qu'allait-il dire!... On devinait quelque grande décision, brusque comme étaient les siennes.

— Si vous voulez toujours... La pêche s'est bien vendue cette année, et j'ai un peu d'argent devant moi...

Si elle voulait toujours!... Que lui demandait-il? avait-elle bien entendu? Elle était anéantie devant l'immensité de ce qu'elle croyait comprendre.

Et la vieille Yvonne, de son coin là-bas, dressait l'oreille, sentant du bonheur approcher...

— Nous pourrions faire notre mariage, mademoiselle Gaud, si vous vouliez toujours...

... Et puis il attendit sa réponse, qui ne vint pas... Qui donc pouvait l'empêcher de prononcer ce oui?... Il s'étonnait, il avait peur, et elle s'en apercevait bien. Appuyée des deux mains à la table, devenue toute blanche, avec des yeux qui se voilaient, elle était sans voix, ressemblant à une mourante très jolie...

— Eh bien, Gaud, réponds donc! dit la vieille grand'mère qui s'était levée pour venir à eux. Voyez-vous, ça la surprend, monsieur Yann; il faut l'excuser; elle va réfléchir et vous répondre tout à l'heure... Asseyez-vous, monsieur Yann, et prenez un verre de cidre avec nous...

Mais non, elle ne pouvait pas répondre, Gaud; aucun mot ne lui venait plus, dans son extase... C'était donc vrai qu'il était bon, qu'il avait du cœur. Elle le retrouvait là, son vrai Yann, tel qu'elle n'avait jamais cessé de le voir en elle-même, malgré sa dureté, malgré son refus sauvage, malgré tout. Il l'avait dédaignée longtemps, il l'acceptait aujourd'hui, — et aujourd'hui qu'elle était pauvre; c'était son idée à lui sans doute, il avait eu quelque motif qu'elle saurait plus tard; en ce moment, elle ne songeait pas du tout à lui en demander compte, non plus qu'à lui reprocher son chagrin de deux années... Tout cela, d'ailleurs, était si oublié, tout cela venait d'être emporté si loin, en une seconde, par le tourbillon délicieux qui passait sur sa vie!... Toujours muette, elle lui disait son adoration rien qu'avec ses yeux, tout noyés, qui le regardaient à une extrême profondeur, tandis qu'une grosse pluie de larmes commençait à descendre le long de ses joues...

— Allons, Dieu vous bénisse, mes enfants, dit la grand'mère Moan. Et moi, je lui dois un grand merci, car je suis encore contente d'être devenue si vieille, pour avoir vu ça avant de mourir.

Ils restaient toujours là, l'un devant l'autre, se tenant les mains, et ne trouvant pas de mots pour se parler.

— Embrassez-vous, au moins, mes enfants... Mais c'est qu'ils ne disent rien!... Allons, Gaud, dis-lui donc quelque chose, ma fille... De mon temps à moi, me semble qu'on s'embrassait, quand on s'était promis...

Yann ôta son chapeau, comme saisi tout à coup d'un grand respect inconnu, avant de se pencher pour embrasser Gaud.

Elle aussi l'embrassa, sur cette joue que la mer avait dorée. Dans les pierres du mur, le grillon leur chantait le bonheur; il tombait juste, cette fois, par hasard. Et le pauvre petit portrait de Sylvestre avait un air de leur sourire, du milieu de sa couronne noire.

Et tout paraissait s'être subitement vivifié et rajeuni dans la chaumière morte. Le silence s'était rempli de musiques inouïes; même le crépuscule pâle d'hiver, qui entrait par la lucarne, était devenu comme une belle lueur enchantée...

— Alors, c'est au retour d'Islande que vous allez vous marier, mes bons enfants?

Gaud baissa la tête. L'Islande, la *Léopoldine*, — c'est vrai, elle avait déjà oublié ces épouvantes dressées sur la route. — Au retour d'Islande!... comme ce serait long, encore tout cet été d'attente craintive.

Et Yann, battant le sol du bout de son pied, à petits coups rapides, devenu fort pressé lui aussi, comptait en lui-même très vite, pour voir si, en se dépêchant bien, on n'aurait pas le temps de se marier avant ce départ : tant de jours pour réunir les papiers, tant de jours pour publier les bans à l'église; oui, cela ne mènerait jamais qu'au 20 ou 25 du mois pour les noces, et, si rien n'entravait, on aurait donc encore une grande semaine à rester ensemble après.

— Je m'en vais toujours commencer par prévenir notre père, dit-il, avec autant de hâte que si les minutes mêmes de leur vie étaient maintenant mesurées et précieuses...

XI

Les amoureux aiment toujours beaucoup s'asseoir ensemble sur les bancs, devant les portes, quand la nuit tombe.

Yann et Gaud pratiquaient cela, eux aussi. Chaque soir, c'était à la porte de la chaumière des Moan, sur le vieux banc de granit, qu'ils se faisaient leur cour.

D'autres ont le printemps, l'ombre des arbres, les soirées tièdes, les rosiers fleuris. Eux n'avaient rien que des crépuscules de février descendant sur un pays marin, tout d'ajoncs et de pierres. Aucune branche de verdure au-dessus de leur tête, ni alentour; rien que le ciel immense, où passaient lentement des brumes errantes. Et pour fleurs, des algues brunes, que les pêcheurs, en remontant de la grève, avaient entraînées dans le sentier avec leurs filets.

... Un soir, il s'amusait à lui citer mille petites choses qu'elle avait faites ou qui lui étaient arrivées depuis leur première rencontre; il lui disait même les robes qu'elle avait eues, les fêtes où elle était allée.

Elle l'écoutait avec une extrême surprise. Comment donc savait-il tout cela? Qui se serait imaginé qu'il y avait fait attention et qu'il était capable de le retenir?...

Lui, souriait, faisant le mystérieux, et racontait

encore d'autres petits détails, même des choses qu'elle avait presque oubliées.

Maintenant, sans plus l'interrompre, elle le laissait dire, avec un ravissement inattendu qui la prenait tout entière; elle commençait à deviner, à comprendre : c'est qu'il l'avait aimée, lui aussi, tout ce temps-là!... Elle avait été sa préoccupation constante; il lui en faisait l'aveu naïf à présent!...

Et alors, qu'est-ce qu'il y avait eu, mon Dieu; pourquoi l'avait-il tant repoussée, tant fait souffrir?

Toujours ce mystère qu'il avait promis d'éclaircir pour elle, mais dont il reculait sans cesse l'explication, avec un air embarrassé et un commencement de sourire incompréhensible...

Un soir qu'ils étaient assis sur leur banc de pierre dans la solitude de leur falaise où la nuit tombait, leurs yeux s'arrêtèrent par hasard sur un buisson d'épines — le seul d'alentour — qui croissait entre les rochers au bord du chemin. Dans la demi-obscurité, il leur sembla distinguer sur ce buisson de légères petites houppes blanches :

— On dirait qu'il est fleuri, dit Yann.

Et ils s'approchèrent pour s'en assurer.

Il était tout en fleurs. N'y voyant pas beaucoup, ils le touchèrent, vérifiant avec leurs doigts la présence de ces petites fleurettes qui étaient tout humides de brouillard. Et alors, il leur vint une première impression hâtive de printemps; du même coup, ils s'aperçurent que déjà les jours avaient allongé; qu'il y avait quelque chose de plus tiède dans l'air, de plus lumineux dans la nuit.

Mais comme ce buisson était en avance! Nulle part dans le pays, au bord d'aucun chemin, on n'en eût trouvé un pareil. Sans doute, il avait fleuri là exprès pour eux, pour leur fête d'amour...

— Oh! nous allons en cueillir alors! dit Yann.

Et, presque à tâtons, il composa un bouquet entre ses mains rudes; avec le grand couteau de pêcheur qu'il portait à sa ceinture, il en enleva soigneusement les épines, puis il le mit au corsage de Gaud :

— Là, comme une mariée, dit-il en se reculant comme pour voir malgré la nuit, si cela lui seyait bien.

Au-dessous d'eux, la mer très calme déferlait faiblement sur les galets de la grève, avec un petit bruissement intermittent, régulier comme une respiration de sommeil; elle semblait indifférente, ou même favorable, à cette cour qu'ils se faisaient là tout près d'elle...

Les jours leur paraissaient longs dans l'attente de ces soirées, et ensuite, quand ils se quittaient sur le coup de dix heures, il leur venait un petit découragement de vivre, parce que c'était déjà fini...

Il fallait se hâter, se hâter pour les papiers, pour tout, sous peine de n'être pas prêt et de laisser fuir le bonheur devant soi, jusqu'à l'automne, jusqu'à l'avenir incertain...

Leur cour, faite le soir dans ce lieu triste, au bruit continuel de la mer, et avec cette préoccupation un peu enfiévrée de la marche du temps, prenait de tout cela quelque chose de particulier et de presque sombre. Ils étaient des amoureux différents des autres, plus graves, plus inquiets dans leur amour.

Il ne disait toujours pas ce qu'il avait eu pendant deux ans contre elle et, quand il était reparti le soir, ce mystère tourmentait Gaud. Pourtant il l'aimait bien, elle en était sûre.

Un soir de pluie, ils étaient assis l'un près de l'autre dans la cheminée, et leur grand'mère Yvonne dormait en face d'eux. La flamme qui dansait sur les branchages du foyer faisait promener au plafond noir leurs ombres agrandies.

Ils se parlaient bien bas, comme font tous les amoureux. Mais il y avait, ce soir-là, de longs silences embarrassés, dans leur causerie. Lui surtout ne disait presque rien, et baissait la tête avec un demi-sourire, cherchant à se dérober aux regards de Gaud.

C'est qu'elle l'avait pressé de questions, toute la soirée, sur ce mystère qu'il n'y avait pas moyen de lui faire dire, et cette fois il se voyait pris : elle était trop fine et trop décidée à savoir; aucun faux-fuyant ne le tirerait plus de ce mauvais pas.

— De méchants propos, qu'on avait tenus sur mon compte? demandait-elle.

Il essaya de répondre oui. De méchants propos, oh!... on en avait tenu beaucoup dans Paimpol, et dans Ploubazlanec...

Elle demanda quoi. Il se troubla et ne sut pas dire. Alors elle vit bien que ce devait être autre chose.

— C'était ma toilette, Yann?

Pour la toilette, il est sûr que cela y avait contribué : elle en faisait trop, pendant un temps, pour devenir la femme d'un simple pêcheur. Mais enfin il était forcé de convenir que ce n'était pas tout.

— Était-ce parce que, dans ce temps-là, nous passions pour riches? Vous aviez peur d'être refusé?

— Oh! non, pas cela.

Il fit cette réponse avec une si naïve sûreté de lui-même, que Gaud en fut amusée. Et puis il y eut de nouveau un silence pendant lequel on entendit dehors le bruit gémissant de la brise et de la mer.

Tandis qu'elle l'observait attentivement, une idée commençait à lui venir, et son expression changeait à mesure :

— Ce n'était rien de tout cela, Yann; alors quoi? dit-elle en le regardant tout à coup dans le blanc des yeux, avec le sourire d'inquisition irrésistible de quelqu'un qui a deviné.

Et lui détourna la tête, en riant tout à fait.

Ainsi, c'était bien cela, elle avait trouvé : de raison, il ne pouvait pas lui en donner, parce qu'il n'y en avait pas, il n'y en avait eu jamais. Eh bien, oui, tout simplement il avait fait son têtu (comme Sylvestre disait jadis), et c'était tout. Mais voilà aussi, on l'avait tourmenté avec cette Gaud! Tout le monde s'y était mis, ses parents, Sylvestre, ses camarades islandais, jusqu'à Gaud elle-même. Alors il avait commencé à dire non, obstinément non, tout en gardant au fond de son cœur l'idée qu'un jour, quand personne n'y penserait plus, cela finirait certainement par être oui.

Et c'était pour cet enfantillage de son Yann que Gaud avait langui, abandonnée pendant deux ans, et désiré mourir...

Après le premier mouvement, qui avait été de rire un peu, par confusion d'être découvert, Yann regarda Gaud avec de bons yeux graves qui, à leur tour, interrogeaient profondément : lui pardonnerait-elle au moins? Il avait un si grand remords aujourd'hui de lui avoir fait tant de peine, lui pardonnerait-elle?...

— C'est mon caractère qui est comme cela, Gaud, dit-il. Chez nous, avec mes parents, c'est la même chose. Des fois, quand je fais ma tête dure, je reste pendant des huit jours comme fâché avec eux, presque sans parler à personne. Et pourtant je les aime bien, vous le savez, et je finis toujours par leur obéir dans tout ce qu'ils veulent, comme si j'étais encore un enfant de dix ans... Si vous croyez que ça faisait mon affaire, à moi, de ne pas me marier! Non, cela n'aurait plus duré longtemps dans tous les cas, Gaud, vous pouvez me croire.

Oh! si elle lui pardonnait! Elle sentait tout doucement des larmes lui venir, et c'était le reste de son chagrin d'autrefois qui finissait de s'en aller à cet aveu de son Yann. D'ailleurs, sans toute sa souffrance d'avant, l'heure présente n'eût pas été si délicieuse; à présent que c'était fini, elle aimait presque mieux avoir connu ce temps d'épreuve.

Maintenant, tout était éclairci entre eux deux; d'une manière inattendue, il est vrai, mais complète; il n'y avait plus aucun voile entre leurs deux âmes.

. . . .

C'était six jours avant le départ pour l'Islande. Leur cortège de noces s'en revenait de l'église de Ploubazlanec, pourchassé par un vent furieux, sous un ciel chargé et tout noir.

Au bras l'un de l'autre, ils étaient beaux tous deux, marchant comme des rois, en tête de leur longue suite, marchant comme dans un rêve. Calmes, recueillis, graves, ils avaient l'air de ne rien voir; de dominer la vie, d'être au-dessus de tout. Ils semblaient même être respectés par le vent, tandis que, derrière eux, ce cortège était un joyeux désordre de couples rieurs que de grandes rafales d'ouest tourmentaient. Beaucoup de jeunes, chez lesquels aussi la vie débordait; d'autres, déjà grisonnants, mais qui souriaient encore en se rappelant le jour de leurs noces et leurs premières années. Grand'mère Yvonne était là et suivait aussi, au bras d'un vieil oncle de Yann qui lui disait des galanteries anciennes; elle portait une belle coiffe neuve qu'on lui avait achetée pour la circonstance et toujours son petit châle, reteint une troisième fois — en noir, à cause de Sylvestre.

A la porte de l'église, les mariés s'étaient acheté, suivant la coutume, des bouquets de fausses fleurs pour compléter leur toilette de fête. Yann avait attaché les siennes au hasard sur sa poitrine large, mais il était de ceux à qui tout va bien. Quant à Gaud, il y avait de la demoiselle encore dans la façon dont ces pauvres fleurs grossières étaient piquées en haut de son corsage — très ajusté, comme autrefois, sur sa forme exquise.

Le violonaire qui menait tout ce monde, affolé par le vent, jouait à la diable; ses airs arrivaient aux oreilles par bouffées, et, dans le bruit des bourrasques, semblaient une petite musique drôle, plus grêle que les cris d'une mouette.

Tout Ploubazlanec était sorti pour les voir. Ce mariage avait quelque chose qui passionnait les gens, et on était venu de loin à la ronde; aux carrefours des sentiers, il y avait partout des groupes qui stationnaient pour les attendre. Presque tous les « Islandais » de Paimpol, les amis de Yann, étaient là postés. Ils saluaient les mariés au passage; Gaud répondait en s'inclinant légèrement comme une demoiselle, avec sa grâce sérieuse, et, tout le long de sa route, elle était admirée.

Le dîner de noces se fit chez les parents de Yann, à cause de ce logis de Gaud, qui était bien pauvre.

Ce fut en haut, dans la grande chambre neuve, une tablée de vingt-cinq personnes autour des mariés; des sœurs et des frères; le cousin Gaos le pilote; Guermeur, Keraez, Yvon Duff, tous ceux de l'ancienne *Marie*, qui étaient de la *Léopoldine* à présent; quatre filles d'honneur très jolies, leurs nattes de cheveux disposées en rond au-dessus des oreilles, comme autrefois les impératrices de Byzance, et leur coiffe blanche à la nouvelle mode des jeunes, en forme de conque marine; quatre garçons d'honneur, tous Islandais, bien plantés, avec de beaux yeux fiers.

Et en bas aussi, bien entendu, on mangeait et on cuisinait; toute la queue du cortège s'y était entassée en désordre, et des femmes de peine, louées à Paimpol, perdaient la tête devant la grande cheminée encombrée de poêles et de marmites.

Les parents d'Yann auraient souhaité pour leur fils une femme plus riche c'est bien sûr; mais Gaud était connue à présent pour une fille sage et courageuse; et puis, à défaut de sa fortune perdue, elle était la plus belle du pays, et cela les flattait de voir les deux époux si assortis.

Dehors, le temps ne s'embellissait pas, au contraire; le vent, la pluie, faisaient rage dans une épaisse nuit. Malgré les précautions prises, quelques-uns s'inquiétaient de leur bateau, ou de leur barque amarrée dans le port, et parlaient de se lever pour aller y voir.

Cependant un autre bruit, beaucoup plus gai à entendre, arrivait d'en bas où les plus jeunes de la noce soupaient les uns sur les autres : c'étaient les cris de joie, les éclats de rire des petits-cousins et des petites-cousines, qui commençaient à se sentir très émoustillés par le cidre.

On avait servi des viandes bouillies, des viandes rôties, des poulets, plusieurs espèces de poissons, des omelettes et des crêpes.

Le vent dans la cheminée hurlait comme un damné qui souffre; de temps en temps, avec une force à faire peur, il secouait toute la maison sur ses fondements de pierre :

— On dirait que ça le fâche, parce que nous sommes en train de nous amuser, dit le cousin pilote.

— Non, c'est la mer qui n'est pas contente, répondit Yann, en souriant à Gaud, — parce que je lui avais promis mariage.

Cependant une sorte de langueur étrange commençait à les prendre tous deux; ils se parlaient plus bas, la main dans la main, isolés au milieu de la gaieté des autres. Lui, Yann, connaissant l'effet du vin sur les sens, ne buvait pas du tout ce soir-là. Par instants, il était triste, en pensant tout à coup à Sylvestre... D'ailleurs, il était convenu qu'on ne devait pas danser à cause du père de Gaud et à cause de lui.

On était au dessert; bientôt allaient commencer les chansons. Mais avant, il y avait les prières à dire, pour les défunts de la famille; dans les fêtes de mariage, on ne manque jamais à ce devoir de religion, et, quand on vit le père Gaos se lever en découvrant sa tête blanche, il se fit du silence partout :

— Ceci, dit-il, est pour Guillaume Gaos, mon père. Et, en se signant, il commença pour ce mort la prière latine :

— *Pater noster, qui es in cœlis, sanctificetur nomen tuum...*

Un silence d'église s'était maintenant propagé jusqu'en bas, aux tablées joyeuses des petits. Tous ceux qui étaient dans cette maison répétaient en esprit les mêmes mots éternels.

— Ceci est pour Yves et Jean Gaos, mes frères, perdus dans la mer d'Islande... Ceci est pour Pierre Gaos, mon fils, naufragé à bord de la *Zélie*...

Puis, quand tous ces Gaos eurent chacun leur prière, il se tourna vers la grand'mère Yvonne :

— Ceci, dit-il, est pour Sylvestre Moan.

Et il en récita une autre encore. Alors Yann pleura.

— ...*Sed libera nos a malo. Amen.*

Les chansons commencèrent après. Des chansons apprises *au service*, sur le gaillard d'avant, où il y a, comme on sait, beaucoup de beaux chanteurs :

Un noble corps, pas moins, que celui des zouaves,
Mais chez nous les braves
Narguent le destin,
Hurrah! hurrah! vive le vrai marin!

Les couplets étaient dits par un des garçons d'honneur, d'une manière tout à fait langoureuse qui allait à l'âme; et puis le chœur était repris par d'autres belles voix profondes.

Maintenant le cousin pilote faisait le tour de la table pour servir d'un certain vin à lui; il l'avait apporté avec beaucoup de précautions, caressant la bouteille couchée, qu'il ne fallait pas remuer, disait-il.

Il en raconta l'histoire : un jour de pêche, une barrique flottait toute seule au large; pas moyen de la ramener, elle était trop grosse; alors ils l'avaient crevée en mer, remplissant tout ce qu'il y avait à bord de pots et de moques. Impossible de tout emporter. On avait fait des signes aux autres pilotes, aux autres pêcheurs; toutes les voiles en vue s'étaient rassemblées autour de la trouvaille.

— Et j'en connais plus d'un qui était soûl, en rentrant le soir à Pors-Éven.

Toujours le vent continuait son bruit affreux.

En bas, les enfants dansaient des rondes; il y en avait bien quelques-uns de couchés, — des tout petits Gaos, ceux-ci; — mais les autres faisaient le diable, menés par le petit Fantec et le petit Laumec, voulant absolument aller sauter dehors, et, à toute minute, ouvrant la porte à des rafales furieuses qui soufflaient les chandelles.

Lui, le cousin pilote, finissait l'histoire de son vin; pour son compte, il en avait eu quarante bouteilles; il priait bien qu'on n'en parlât pas, à cause de M. le commissaire de l'inscription maritime, qui aurait pu lui chercher une affaire pour cette épave non déclarée.

— Mais voilà, disait-il, il aurait fallu les soigner, ces bouteilles; si on avait pu les tirer au clair, ça serait devenu tout à fait du vin supérieur; car, certes, il y avait dedans beaucoup plus de jus de raisin que dans toutes les caves des débitants de Paimpol.

Qui sait où il avait poussé, ce vin de naufrage? Il était fort, haut en couleur, très mêlé d'eau de mer, et gardait le goût âcre du sel. Il fut néanmoins trouvé très bon, et plusieurs bouteilles se vidèrent.

Les têtes tournaient un peu : le son des voix devenait plus confus et les garçons embrassaient les filles.

Les chansons continuaient gaiement; cependant on n'avait guère l'esprit tranquille à ce souper, et les hommes échangeaient des signes d'inquiétude à cause du mauvais temps qui augmentait toujours.

Dehors, le bruit sinistre allait son train, pis que jamais. Cela devenait comme un seul cri, continu, renflé, menaçant, poussé à la fois, à plein gosier, à cou tendu, par des milliers de bêtes enragées.

On croyait aussi entendre de gros canons de marine tirer dans le lointain leurs formidables coups sourds : et cela, c'était la mer qui battait de partout le pays de Ploubazlanec; — non, elle ne paraissait pas contente, en effet, et Gaud se sentait le cœur serré par cette musique d'épouvante, que personne n'avait commandée pour leur fête de noces.

Sur le minuit, pendant une accalmie, Yann et Gaud se sauvèrent furtivement.

XII

Ils furent mari et femme pendant six jours.

Ils eurent une journée de printemps, une seule. C'était la veille de l'appareillage, on avait fini de mettre le gréement en ordre à bord, et Yann resta tout le jour avec elle. Ils se promenèrent bras dessus, bras dessous dans les chemins, comme font les amoureux, très près l'un de l'autre et se disant mille choses. Les bonnes gens en souriant les regardaient passer :

— C'est Gaud, avec le grand Yann de Pors-Even... Des mariés d'hier!

Un vrai printemps, ce dernier jour; c'était particulier et étrange de voir tout à coup ce grand calme, et plus un seul nuage dans ce ciel habituellement tourmenté. Le vent ne soufflait de nulle part. La mer s'était faite très douce; elle était partout du même bleu pâle, et restait tranquille. Le soleil brillait d'un grand éclat blanc, et le rude pays breton s'imprégnait de cette lumière comme d'une chose fine et rare; il semblait s'égayer et revivre jusque dans ses plus profonds lointains.

... A la fin de cette journée de printemps la nuit tombante ramena le sentiment de l'hiver et ils rentrèrent dîner devant leur feu, qui était une flambée de branchages.

Leur dernier repas ensemble!...

Après dîner, ils retrouvèrent encore un peu l'impression douce du printemps, quand ils furent dehors sur la route de Pors-Even : l'air était tranquille, presque tiède, et un reste de crépuscule s'attardait à traîner sur la campagne.

Ils allèrent faire visite à leurs parents, pour les adieux de Yann, et revinrent de bonne heure se coucher, ayant le projet de se lever tous deux au petit jour.

Le quai de Paimpol, le lendemain matin, était plein de monde. Les départs d'Islandais avaient commencé depuis l'avant-veille et, à chaque marée, un groupe nouveau prenait le large. Ce matin-là, quinze bateaux devaient sortir, avec la *Léopoldine*, et les femmes de ces marins, ou les mères, étaient toutes présentes pour l'appareillage, — Gaud s'étonnait de se trouver mêlée à elles, devenue une femme d'Islandais elle aussi, et amenée là pour la même cause fatale.

Elle n'avait jamais assisté de près à ces scènes, à ces adieux. Tout cela était nouveau et inconnu. Parmi ces femmes, elle n'avait point de pareille et se sentait isolée, différente; son passé de *demoiselle*, qui subsistait malgré tout, la mettait à part.

... Autour de Gaud, il y en avait d'autres qui étaient, comme elle, bien jolies et bien touchantes avec leurs yeux pleins de larmes; il y en avait aussi de distraites et de rieuses, qui n'avaient pas de cœur ou qui pour le moment n'aimaient personne. Des vieilles, qui se sentaient menacées par la mort, pleuraient en quittant leurs fils; des amants s'embrassaient longuement sur les lèvres, et on entendait des matelots gris chanter pour s'égayer, tandis que d'autres montaient à leur bord d'un air sombre, s'en allant comme à un calvaire.

Pourtant il y avait aussi des marins qui souriaient; qui sans doute aimaient comme Yann la vie au large et la grande pêche. C'étaient les bons, ceux-là; ils avaient la mine noble et belle; s'ils étaient garçons, ils s'en allaient insouciants, jetant un dernier coup d'œil sur les filles; s'ils étaient mariés, ils embrassaient leurs femmes ou leurs petits avec une tristesse douce et le bon espoir de revenir plus riches. Gaud se sentit un peu rassurée en voyant qu'ils étaient tous ainsi à bord de cette *Léopoldine*, qui avait vraiment un équipage de choix.

Les navires sortaient deux par deux, quatre par quatre, traînés dehors par des remorqueurs. Et alors, dès qu'ils s'ébranlaient, leurs matelots, découvrant leur tête, entonnaient à pleine voix le cantique de la Vierge : « Salut, Étoile-de-la-mer! » Sur le quai, des mains de femmes s'agitaient en l'air pour de derniers adieux, et des larmes coulaient sur les mousselines des coiffes.

A la dernière minute du départ, Yann enleva sa femme entre ses bras et ils se serrèrent l'un contre l'autre sans plus rien se dire, dans une longue étreinte silencieuse.

Il s'embarqua, les voiles grises se déployèrent pour se tendre à un vent très léger qui se levait de l'ouest. Lui, qu'elle reconnaissait encore, agita son bonnet d'une manière convenue. Et longtemps elle regarda, en silhouette sur la mer, s'éloigner son Yann. — C'était lui encore, cette petite forme humaine debout, noire sur le bleu cendré des eaux, — et déjà vague, vague, perdue dans cet éloignement où les yeux qui persistent à fixer se troublent et ne voient plus...

... A mesure que s'en allait cette *Léopoldine*, Gaud, comme attirée par un aimant, suivait à pied le long des falaises.

Il lui fallut s'arrêter bientôt, parce que la terre était finie; alors elle s'assit, au pied d'une dernière grande croix, qui est là plantée parmi les ajoncs et les pierres. Comme c'était un point élevé, la mer vue de là semblait avoir des lointains qui montaient, et on eût dit que cette *Léopoldine*, en s'éloignant, s'élevait peu à peu, toute petite, sur les pentes de ce cercle immense. Les eaux avaient de grandes ondulations lentes, — comme les derniers contre-coups de quelque tourmente formidable qui se serait passée ailleurs, derrière l'horizon; mais, dans le champ profond de la vue, où Yann était encore, tout demeurait paisible.

Gaud regardait toujours, cherchant à bien fixer dans sa mémoire la physionomie de ce navire, sa silhouette de voilure et de carène, afin de le reconnaître de loin, quand elle reviendrait, à cette même place, l'attendre.

Cependant la *Léopoldine* se faisait de plus en plus diminuée, lointaine, perdue. Des courants sans doute l'entraînaient, car les brises de cette soirée étaient faibles et pourtant elle s'éloignait vite. Devenue une petite tache grise, presque un point, elle allait bientôt atteindre l'extrême bord du cercle des choses visibles, et entrer dans ces au-delà infinis où l'obscurité commençait à venir.

Quand il fut sept heures du soir, la nuit tombée, le bateau disparu, Gaud rentra chez elle, en somme assez courageuse, malgré les larmes qui lui venaient toujours. Quelle différence, en effet, et quel vide plus sombre s'il était parti encore comme les deux autres années, sans même un adieu! Tandis qu'à présent tout était changé, adouci; il était tellement à elle, son Yann, elle se sentait si aimée malgré ce départ, qu'en s'en revenant toute seule au logis, elle avait au moins la consolation et l'attente délicieuse de cet *au revoir* qu'ils s'étaient dit pour l'automne.

L'été passa, triste, chaud, tranquille. Elle, guettant les premières feuilles jaunies, les premiers rassemblements d'hirondelles, la pousse des chrysanthèmes.

Par les paquebots de Reickawick et par les chasseurs, elle lui écrivit plusieurs fois; mais on ne sait jamais bien si ces lettres arrivent.

A la fin de juillet, elle en reçut une de lui. Il l'informait qu'il était en bonne santé à la date du 10 courant, que la saison de la pêche s'annonçait excellente et qu'il avait déjà 1500 poissons pour sa part. D'un bout à l'autre, c'était dit dans le style naïf et calqué sur le modèle uniforme de toutes les lettres de ces Islandais à leur famille. Les hommes élevés comme Yann ignorent absolument la manière d'écrire les mille choses qu'ils pensent, qu'ils sentent ou qu'ils rêvent. Étant plus cultivée que lui, elle sut lire entre les lignes la tendresse profonde qui n'était pas exprimée. A plusieurs reprises, dans le courant de ses quatre pages, il lui donnait le nom d'épouse, comme trouvant plaisir à le répéter. Et, d'ailleurs, l'adresse seule : *A Madame Marguerite Gaos, maison Moan, en Ploubazlanec*, était déjà une chose qu'elle relisait avec joie. Elle avait encore eu si peu le temps d'être appelée : *Madame Marguerite Gaos!*...

Elle travailla beaucoup pendant ces mois d'été. Les Paimpolaises, qui d'abord s'étaient méfiées de son talent d'ouvrière improvisée, disant qu'elle avait de trop belles mains de demoiselle, avaient vu, au contraire, qu'elle excellait à leur faire des robes qui avantageaient la tournure; alors elle était devenue presque une couturière en renom.

Ce qu'elle gagnait passait à embellir le logis — pour son retour. L'armoire, les vieux lits à étagères, étaient réparés, cirés, avec des ferrures luisantes; elle avait arrangé leur lucarne sur la mer avec une vitre et des rideaux; acheté une couverture neuve pour l'hiver, une table et des chaises.

Tout cela, sans toucher à l'argent que son Yann lui avait laissé en partant et qu'elle gardait intact, dans une petite boîte chinoise, pour le lui montrer à son arrivée.

Pendant les veillées d'été, aux dernières clartés des jours, assise devant la porte avec la grand'mère Yvonne dont la tête et les idées allaient sensiblement mieux pendant les chaleurs, elle tricotait pour Yann un beau maillot de pêcheur en laine bleue; il y avait, aux bordures du col et des manches, des merveilles de points compliqués et ajourés : la grand'mère Yvonne, qui avait été jadis une habile tricoteuse, s'était rappelé peu à peu ces procédés de sa jeunesse pour les lui enseigner. Et c'était un ouvrage qui avait pris beaucoup de laine, car il fallait un maillot très grand pour Yann.

Cependant, le soir surtout, on commençait à avoir conscience de l'accourcissement des jours. Certaines plantes, qui avaient donné toute leur pousse en juillet, prenaient déjà un air jaune, mourant, et les scabieuses violettes refleurissaient au bord des chemins, plus petites sur de plus longues tiges; enfin les derniers jours d'août arrivèrent, et un premier navire islandais apparut un soir, à la pointe de Pors-Even. La fête du retour était commencée.

On se porta en masse sur la falaise pour le recevoir; — lequel était-ce?

C'était le *Samuel-Azénide*; — toujours en avance celui-là.

— Pour sûr, disait le vieux père d'Yann, la *Léopoldine* ne va pas tarder; là-bas, je connais ça, quand un commence à partir, les autres ne tiennent plus en place.

Ils revenaient, les Islandais. Deux la seconde journée, quatre le surlendemain, et puis douze la semaine suivante. Et, dans le pays, la joie revenait avec eux, et c'était fête chez les épouses, chez les mères; fête aussi dans les cabarets, où les belles filles paimpolaises servent à boire aux pêcheurs.

La *Léopoldine* restait du groupe des retardataires; il en manquait encore dix. Cela ne pouvait tarder, et Gaud, à l'idée que, dans un délai extrême de huit jours qu'elle se donnait pour ne pas avoir de déception, Yann serait là, Gaud était dans une délicieuse ivresse d'attente, tenant le ménage bien en ordre, bien propre et bien net, pour le recevoir.

Tout rangé, il ne lui restait rien à faire, et, d'ailleurs, elle commençait à n'avoir plus la tête à grand'chose dans son impatience.

Trois des retardataires arrivèrent encore, et puis cinq. Deux seulement manquaient toujours à l'appel.

— Allons, lui disait-on en riant, cette année, c'est la *Léopoldine* ou la *Marie-Jeanne* qui *ramasseront les balais* du retour.

Et Gaud se mettait à rire, elle aussi, plus animée et plus jolie, dans sa joie de l'attendre.

Cependant les jours passaient.

Elle continuait de se mettre en toilette, de prendre un air gai, d'aller sur le port causer avec les autres. Elle disait que c'était tout naturel, ce retard. Est-ce que cela ne se voyait pas chaque année? Oh! d'abord, de si bons marins, et deux si bons bateaux!

Ensuite, rentrée chez elle, il lui venait le soir de premiers petits frissons d'anxiété, d'angoisse.

Est-ce que vraiment c'était possible, qu'elle eût peur, si tôt?... Est-ce qu'il y avait de quoi?...

Et elle s'effrayait, d'avoir déjà peur...

Le 10 du mois de septembre!... Comme les jours s'enfuyaient!

Un matin où il y avait déjà une brume froide sur la terre, un vrai matin d'automne, le soleil levant la trouva assise de très bonne heure sous le porche de la chapelle des naufragés, au lieu où vont prier les veuves; — assise, les yeux fixes, les tempes serrées comme dans un anneau de fer.

Depuis deux jours, ces brumes tristes de l'aube

avaient commencé, et ce matin-là Gaud s'était réveillée avec une inquiétude plus poignante, à cause de cette impression d'hiver... Qu'avait donc cette journée, cette heure, cette minute, de plus que les précédentes?... On voit très bien des bateaux retardés de quinze jours, même d'un mois.

Ce matin-là avait bien quelque chose de particulier, sans doute, puisqu'elle était venue pour la première fois s'asseoir sous ce porche de chapelle, et relire les noms des jeunes hommes morts.

En mémoire de
GAOS, YVON, perdu en mer
aux environs de Norden-Fiord...

. . . .

Comme un grand frisson, on entendit une rafale de vent se lever de la mer, et en même temps, sur la voûte, quelque chose s'abattre comme une pluie : les feuilles mortes!... Il en entra toute une volée sous ce porche, les vieux arbres ébouriffés du préau se dépouillaient, secoués par ce vent du large. — L'hiver qui venait!...

...perdu en mer
aux environs de Norden-Fiord,
dans l'ouragan du 4 au 5 août 1880.

. . . .

Elle lisait machinalement, et, par l'ogive de la

porte ses yeux cherchaient au loin la mer : ce matin-là, elle était très vague, sous la brume grise, et une panne suspendue traînait sur les lointains comme un grand rideau de deuil.

Encore une rafale, et des feuilles mortes qui entraient en dansant. Une rafale plus forte, comme si ce vent d'ouest, qui avait jadis semé ces morts sur la mer, voulait encore tourmenter jusqu'à ces inscriptions qui rappelaient leurs noms aux vivants.

Gaud regardait, avec une persistance involontaire, une place vide, sur le mur, qui semblait attendre. Avec une obsession terrible, elle était poursuivie par l'idée d'une plaque neuve qu'il faudrait peut-être mettre là bientôt, avec un autre nom que, même en esprit, elle n'osait pas redire dans un pareil lieu.

Elle avait froid, et restait assise sur le banc de granit, la tête renversée contre la pierre :

...perdu aux environs de Norden-Fiord,
dans l'ouragan du 4 au 5 août
à l'âge de 23 ans...
Qu'il repose en paix!

L'Islande lui apparaissait, avec le petit cimetière de là-bas, — l'Islande lointaine, lointaine, éclairée par en-dessous au soleil de minuit... Et tout à coup, — toujours à cette même place vide du mur qui semblait attendre, — elle eut, avec une netteté horrible, la vision de cette plaque neuve à laquelle elle songeait : une plaque fraiche, une tête de mort, des os en croix et au milieu, dans un flamboiement, un nom, le nom adoré, *Yann Gaos !*... Alors elle se dressa tout debout, en poussant un cri rauque de la gorge, comme une folle...

Dehors, il y avait toujours sur la terre la brume grise du matin; et les feuilles mortes continuaient d'entrer en dansant.

Cette fin de septembre ressemblait à un autre été, un peu mélancolique seulement. Il faisait vraiment si beau cette année-là que, sans les feuilles mortes qui tombaient en pluie triste par les chemins, on eût dit le gai mois de juin. Les maris, les fiancés, les amants étaient revenus, et partout c'était la joie d'un second printemps d'amour...

Un jour enfin, l'un des deux navires retardataires d'Islande fut signalé au large. Lequel?...

Vite, les groupes de femmes s'étaient formés, muets, anxieux, sur la falaise.

Gaud, tremblante et pâlie, était là, à côté du père de son Yann.

— Je crois fort, disait le vieux pêcheur, je crois fort que c'est eux ! Un liston rouge, un hunier à rouleau, ça leur ressemble joliment toujours; qu'en dis-tu, Gaud, ma fille?

« Et pourtant non, reprit-il, avec un découragementment soudain; non, nous nous trompons encore, le bout-dehors n'est pas pareil et ils ont un foc d'artimon. Allons, pas eux pour cette fois, c'est la *Marie-Jeanne*. Oh! mais bien sûr, ma fille, ils ne tarderont pas.

Septembre venait de finir. Gaud ne prenait plus aucune nourriture, elle ne dormait plus.

A présent, elle restait chez elle, et se tenait accroupie, les mains entre les genoux, la tête renversée et appuyée au mur derrière. A quoi bon se lever, à quoi bon se coucher; elle se jetait sur son lit sans retirer sa robe, quand elle était trop épuisée. Autrement elle demeurait là, toujours assise, transie; ses dents claquaient de froid dans cette immobilité; à certaines heures elle poussait un gémissement rauque du gosier, répété par saccades, longtemps, longtemps, tandis que sa tête se frappait contre le granit du mur.

Et toutes les heures du jour passaient, l'une après l'autre, et toutes les heures du soir, et toutes celles de la nuit, et toutes celles du matin. Quand elle comptait depuis combien de temps il aurait dû revenir, une terreur plus grande la prenait; elle ne voulait plus connaître ni les dates ni les noms des jours.

Pour les naufrages d'Islande, on a des indications ordinairement; ceux qui reviennent ont vu de loin le drame; ou bien ils ont trouvé un débris, un cadavre, ils ont quelque indice pour tout deviner. Mais non, de la *Léopoldine* on n'avait rien vu, on ne savait rien. Ceux de la *Marie-Jeanne*, les derniers qui l'avaient aperçue le 2 août, disaient qu'elle avait dû s'en aller pêcher plus loin vers le nord, et après, cela devenait le mystère impénétrable.

Attendre, toujours attendre, sans rien savoir! Quand viendrait le moment où vraiment elle n'attendrait plus? Elle ne le savait même pas; et à présent elle avait presque hâte que ce fût bientôt.

Oh! s'il était mort, au moins qu'on eût la pitié de le lui dire!...

Oh! le voir, tel qu'il était en ce moment même, — lui, ou ce qui restait de lui!... Si seulement la Vierge tant priée, ou quelque autre puissance comme elle voulait lui faire la grâce, par une sorte de double vue de le lui montrer, son Yann! — lui, vivant, manœuvrant pour rentrer — ou bien son corps roulé par la mer... pour être fixée au moins! pour savoir!!...

Quelquefois il lui venait tout à coup le sentiment d'une voile surgissant du fond de l'horizon : la *Léopoldine*, approchant, se hâtant d'arriver! Alors elle faisait un premier mouvement irréfléchi pour se lever, pour courir regarder le large, voir si c'était vrai...

Elle retombait assise. Hélas! où était-elle en ce moment, cette *Léopoldine*? où pouvait-elle bien être?... Là-bas, sans doute, là-bas dans cet effroyable lointain de l'Islande, abandonnée, émiettée, perdue...

Et cela finissait par cette vision obsédante, toujours la même : une épave éventrée et vide, bercée sur une mer silencieuse d'un gris rose; bercée lentement, lentement, sans bruit, avec une extrême douceur, par ironie, au milieu d'un grand calme d'eaux mortes.

Il ne revint jamais.

Une nuit d'août, là-bas, au large de la sombre Islande, au milieu d'un grand bruit de fureur, avaient été célébrées ses noces avec la mer.

Avec la mer qui autrefois avait été aussi sa nourrice; c'était elle qui l'avait bercé, qui l'avait fait adolescent large et fort, — et ensuite elle l'avait repris, dans sa virilité superbe, pour elle seule. Un profond mystère avait enveloppé ces noces monstrueuses. Tout le temps, des voiles obscurs s'étaient agités au-dessus, des rideaux mouvants et tourmentés, tendus pour cacher la fête; et la fiancée donnait de la voix, faisait toujours son plus grand bruit horrible pour étouffer les cris. — Lui, se souvenant de Gaud, sa femme de chair, s'était défendu, dans une lutte de géant, contre cette épousée de tombeau. Jusqu'au moment où il s'était abandonné, les bras ouverts pour la recevoir, avec un grand cri profond comme un taureau qui râle, la bouche déjà emplie d'eau; les bras ouverts, étendus et raidis pour jamais.

Et à ses noces, ils y étaient tous ceux qu'il avait conviés jadis. Tous, excepté Sylvestre, qui, lui, s'en était allé dormir dans des jardins enchantés, — très loin, de l'autre côté de la Terre...

6290. — Coulommiers. — Imp. PAUL BRODARD. — 6-25.
3884-6-25.

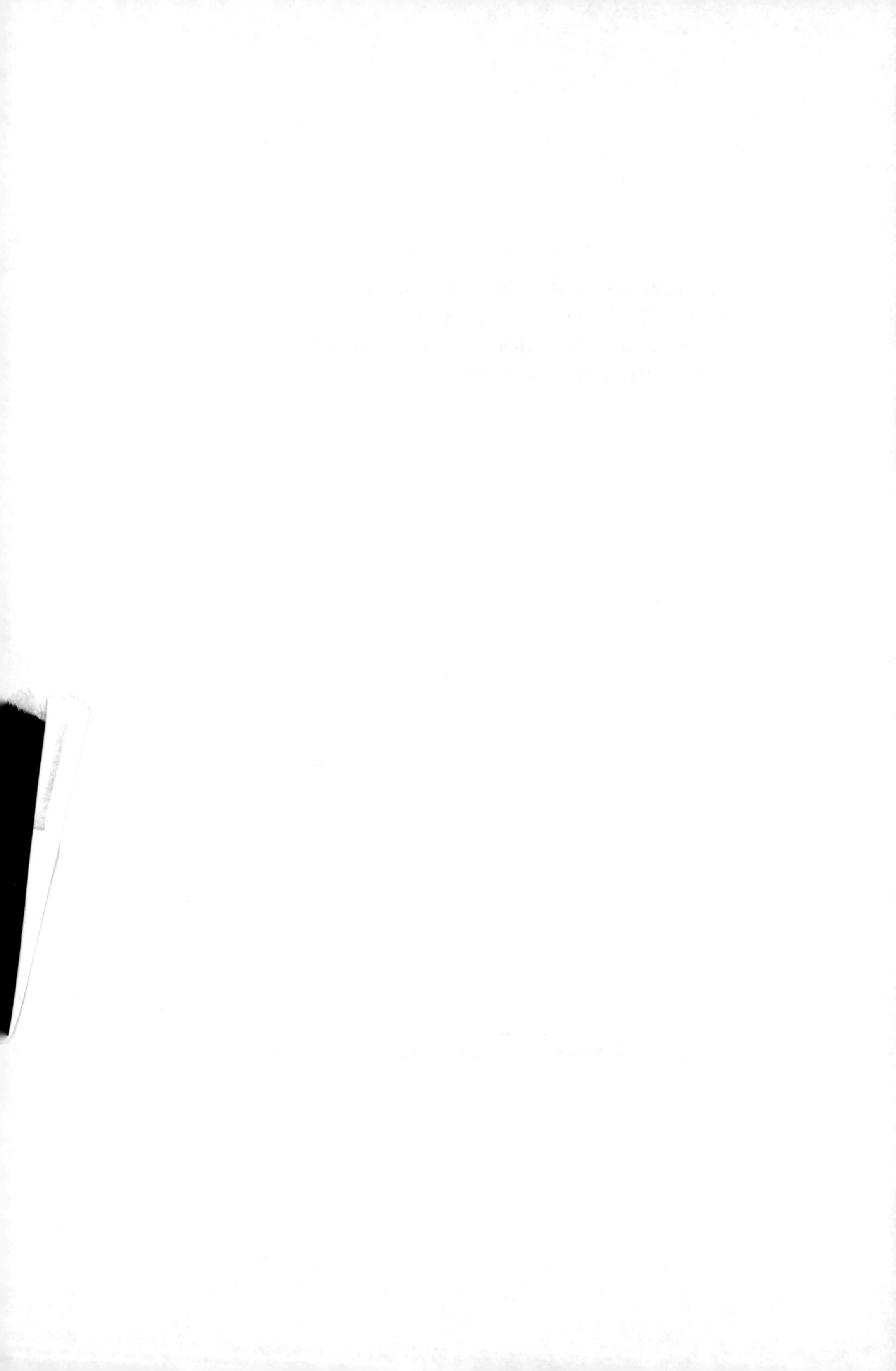

www.ingramcontent.com/pod-product-compliance
Lightning Source LLC
LaVergne TN
LVHW020318230826
846091LV00003B/724

* 9 7 8 2 3 2 9 2 0 0 7 8 1 *